文芸社セレクション

リーフェンロイエンにて

かわさき　ちづる
KAWASAKI Chizuru

文芸社

目次

プロローグ

空も大地もない白一色の世界を、どこからともなく風が吹き抜けていきます。

見まわす視線の先は、どちらを向いても白いばかり。どうやら森の中にいるらしい、とだけはわかるのですが、まとわりつくような濃い霧にすっぽりと包みこまれていて、足もとの地面さえよく見えないほどなのです。

途方にくれて、少年はその場に座りこみました。

少年の名前は杉野沢和也《すぎのさわかずや》。私立桜が丘中学校の二年生です。

理知的で整った顔だちと身長百六十五センチのすらりとした姿を持つ彼は、年齢のわりに落ち着いた雰囲気を漂わせていたため、同年代の中でかなり目立つ存在になっているのですが、自分自身が周囲からひどく浮いた存在だということを、まったく意識していませんでした。

どちらかと言えば、クラスメートたちとにぎやかに過ごすより、ひとりで静かに本を読む方がいいという、いわゆる『わが道をいく』タイプだったせいもあるかもしれません。

そんな和也ですが、今、彼はとても困った状況に陥っていました。

「ここはいったい……どこなんだ?」

ほんの数秒前にいた場所とはあきらかに違う場所にいることも、それがなぜなのかも理解しているつもりでした。けれど、そこがどこなのかは見当もつかないのです。

どうしてこんなことになってしまったんだろう?　滝をめざしていたはずなのに。

いくら耳を澄ませてみても、滝の音どころかせせらぎの音さえまるっきり聞こえてはこないこの場所は、いったいどこなのでしょうか。

見まわせば、吹く風に流されて霧が部分的に薄れたあたりにだけ、ぼんやりと黒っぽい影が浮かびあがり、すぐにまた白一色におおわれてしまいます。おそらくは木立のシルエットなのでしょうが、その影と周囲の不気味な雰囲気とが相まって、見る者の恐怖心をあおりたてて身動きできない状態にするのに、これ以上ないほどの効果をあげているようでした。

静けさの中で聞こえるのは、風にゆれる木々の葉のかさかさというかすかな葉ずれの響き。そして、ただひとつ確かなものは、座っている足もとのごつごつとした地面の固さとやわらかな草の感触だけです。

ひょっとして、この白い世界で生きているのは自分だけなのではないだろうか。

そんな考えがふと頭の片すみをよぎると、今度は言いようのないさびしさが、さざ波のようにひたひたと心に押し寄せてきます。

てんでばらばらな家族の中で、いつも感じていた孤独とはまた違った、正真正銘ひとりぼっちのさびしさを、和也は今、実感していました。

孤独で人は死ぬものなんだろうか？　もしそうだとしたら、ぼくもここで……？

ふと浮かんだ考えに、心が締めつけられそうになります。その心の中のささやきを聞くまいと、和也は耳を押さえて約束の言葉を思いだそうとしました。

「ぼくは約束したんだ。おばあちゃんに、必ず谷を守るからって。だから、こんなことで弱気になってはいられない」

自分自身に言い聞かせるようにつぶやいて、和也はすっくと立ちあがりました。

確かに、このままこうしていても、わきおこる不安が胸いっぱいに広がるのを待っているだけで、何も解決はしません。

まとわりつくような霧の中で、半袖のTシャツ姿の和也は、少しばかり肌寒いものを感じ始めていました。

とにかく、行けるところまで行ってみよう。途中で誰かに出会うかもしれない。

そう思い立ちはしたものの、この深い霧の中では、どの方向に進めばよいかさえもわかりません。そこで、足もとの小石を手さぐりで拾うと、前後左右の方向へ軽く放ってみることにしたのです。

三個の石は、草むらへ落ちたのか、崖下の茂みへでも落ちたのか、とにかくほとんど音がしませんでした。最後に祈るような思いで投げた四個目の石は、どうやら固い地面に落ちたらしく、ことんという音がかすかに聞こえたのです。

とりあえず、その方向へ行ってみるしかない、か。

耳と足先に全神経を集中して、和也はゆっくりと歩き始めました。

吹き抜ける風が、時おり白い霧の壁を大きくゆらして、その向こう側へ続く道をほんの一瞬かいま見せてくれます。

よし、道が見えたぞ。このまま進んでいってみよう。

足もとの小石や下草につまずきながらも、和也は一歩一歩着実に前進していきました。

「百七十七……百七十八……百七十」

と、百七十九歩目をまさに数えようとしたその時です。

静まりかえっていた大気が不意にざわめいたかと思うと、甲高い叫び声のような音が近づいてくるのがわかりました。けれど、それがどの方向から来るのかは、さっぱりわからないのです。

耳をそばだてて、和也は足をとめました。

笑い声ともどなり声ともつかない、騒々しくも奇妙な音は急速に近づいてきます。その騒がしさのせいなのか、足音らしい音はほとんど聞こえず、代わりに、その騒ぎの合間をぬうように、鳥の羽ばたきにも似た音がなぜか聞こえてきたのです。

まさか……鳥?

視界のきかない霧の中、音の方向を決めかねて立ちつくす和也に、今度は右手方向からすごい突風が吹きつけます。顔の前に右腕をあげて風をさえぎろうとすると、次にはたたきつけるような風が二度三度と容赦なく襲いかかってきました。

激しい風にあおられてバランスをくずし、宙を泳ぐようなかっこうになった和也を、その時さらなる試練が襲ったのです。

それは突然、横合いからやってきました。そして、何かわからないものと衝突した和也は、そのまま空中高くはね飛ばされてしまったのです。

宙を飛んだ体は、ゆるやかな放物線を描きながら地上へと落下しました。

まばたきするほどの時間が、不思議なほど長いものに感じられ、さまざまなできごとがやけに鮮明によみがえってきます。

意識を失う寸前、なぜか頭に浮かんだのは、ざわめく列車内の光景でした。

第一章　旅立ち

1

「みなさま、本日は、夢特急にご乗車いただき誠にありがとうございます。当列車は間もなく、天の川を通過いたします」

心地よいせせらぎの音にも似たバックグラウンドミュージックが不意にとぎれ、スピーカーから車掌のアナウンスが流れだしました。

「お客さまにお願いいたします。座席を離れておられる方は、すみやかに席におもどりください。サングラスは座席上のボックスに入っておりますので、ご自由にお使いいただいてけっこうです。着席なさいましたら、必ずシートベルトをお締めくださいアナウンスの指示に従って行動していただきますよう、くれぐれもお願い申しあげます」

サングラス？　シートベルト？

不思議に思いながらも、和也はアナウンスのとおりに、座席上のボックスからサングラスを取りだし、シートベルトを締めました。和也と同様に初めて乗ったに違いない他の乗客たちもみんな、不思議そうな表情でサングラスをかけシートベルトを締めています。

和也は窓の外に目を向けました。

黒いビロードを敷きつめたような宇宙空間に、宝石を思わせる星々が無数に散らばっていて、それぞれがさまざまな色の輝きを放っています。赤、青、白、黄、それぞれの星がみな、自らの命を燃やして輝いているのです。

ため息とともにその光景をぼんやりとながめていた和也の耳に、突然、誰かの声が飛びこんできました。

「天の川だ！」

前方の暗い空間に、銀色に輝く光の川がゆったりと横たわっているのが見えます。

その川に向かってぐんぐんと速度をあげる列車の周囲では、星々が光の点から線へと変わっていき、ついに列車はきらめく銀色の流れに突入したのです。

流れにぶつかった瞬間、何かがはじけるような衝撃とともに、目をあけていられないほどまばゆい光が、堰を切ってあふれる洪水のように列車めがけて押し寄せてきました。

二両編成のこぢんまりとした特急列車は、嵐の中の木の葉のように、渦巻く光の洪水にもみくちゃにされながら激しくゆれます。

しばらくすると、目がまわりそうなほどぐるぐるまわっていた車体全体が、二度ほど大きくゆれたのを最後に、あたり一面が突然暗い空間へと変わり、列車は再び何ごともなかったかのように走りだしました。

サングラスとシートベルトはこのためだったのか、と納得したのは、和也だけではなかったことでしょう。

天の川の流れを一気に突っ切ると、列車はしだいに速度を落とし始めました。

「みなさま、大変お疲れさまでございました」

再び、スピーカーからアナウンスが響きます。

「ただ今、当列車はリーフェンロイエンに入りました。終点の想いの谷駅までは、お申し出がないかぎり停車いたしません。途中下車なさるお客さまは、早めにお知らせくださいますようお願いいたします。ただ今より、車掌が巡回いたします」

アナウンスを聞きながら、和也は祖母の千枝《ちえ》を思いだしていました。

「じつはね、今日はお別れを言っておこうと思って……」

夢の中で、千枝がひどく悲しそうな顔をして言いました。

「お別れ？」

和也にとって、それはまさに、ハンマーで頭をなぐられたほどの驚きでした。

「どうして、突然そんなこと……あと一年は毎晩夢の中で会えるよって、あんなにうれしそうに言ってたの、ついこの間だよ。それに、おばあちゃんだけじゃないんだから。ぼくだって、おばあちゃんに会えるのを楽しみにしてるんだ」

「ありがとう。そう言ってくれて、とてもうれしいよ」

千枝の顔に、いつものやさしい笑みが浮かびました。


杉野沢家は、商社勤務の父博和《ひろかず》、大学病院で医師をしている母の奈津子《なつこ》、大学二年生である兄の博幸《ひろゆき》、そして祖母の千枝と中学二年の和也という五人構成でしたが、家族の絆というものを感じることなどまったくありませんでした。

和也にとってほんとうに家族と呼べるのは、祖母の千枝ひとりきりだった、と言っても決して言い過ぎではなかったのです。

それと言うのも、大学入学と同時にアパート生活を始めた兄は、休みに帰ってきてもすぐにどこかへ出かけてしまい、家にいるのは年にせいぜい一日か二日ほど。四年前から海外に単身赴任中の父は、休暇をとってもすべて好きな旅行に使い果たし、忙しいと言うのが口ぐせの母にいたっては、同じ家にいながら顔を合わせることさえめったにない、という日常だったからです。

そのたったひとりの家族である千枝が、別れを告げる間もなく、交通事故で亡くなったのは三か月ほど前。近くの商店街で夕飯の買い物をしての帰り道、交差点を青信号で渡っていた時のことでした。

あまりに突然の別れを現実のこととして受け入れるためには、どれほどの時間を費やせばいいのでしょうか。そして、悲しみの扉をあけて先へ進むために、残された者はどうすればいいのでしょう。

千枝が亡くなってひと月ほど過ぎた頃のこと。

すでにそれぞれの生活を再開していた両親と兄は、それまでとまったく変わらない日常の中にいましたが、和也だけは過ぎていく流れに取り残されたまま、がらんとした家の中でひとりぽつねんと過ごしていました。

ところが、そんな和也の夢の中に、生前と少しも変わらない笑顔の千枝があらわれたのです。にこにこと、とてもうれしそうな表情で、

「遅くなってごめんよ。すぐに来ようと思ったんだけど、許可をもらうのに少しばかり手間どってしまってね。でも、これから一年間は夢の中で会える。だから、もう少しの間一緒にいられるよ」

　そう言ったはずなのに、どうして？

　和也の思いにこたえかけて、ふと思いだしたように着物の袖から何か取りだすと、千枝は和也の手のひらにそっとのせました。

「この花はルセリア。銀鈴草《ぎんれいそう》とも呼ばれているんだけどね、私がいる想いの谷一面に咲いているんだよ」

　手のひらの上で、つぼみだった花がゆっくりと開き始めます。

「この花を水に浮かべて会いたい人のことを想うとね、水鏡にその人の姿が映るんだよ。ただし、姿を見ることができるだけで、こんな風に話をすることはできないけれどね」

　さびしそうに、千枝が微笑みました。

「これからは、この花びらでおまえのことを見ているよ。時間の許すかぎり、ね」

手のひらの上で咲いた花は、まるで美しい銀細工のように見えました。

金色の雌しべと銀青色の五本の雄しべを、少し丸みを帯びた銀色に輝く七枚の花びらがぐるりと囲んでいます。茎を持ってそっとゆらしてみると、それは澄んだ鈴のような音色を響かせました。

「おばあちゃん、どうしてなのか理由を話してよ」

いかにも不満だという表情で、和也が言います。

「たった一年だけの短い期限つきだっていうのに、それさえもうだめになるなんて、ぼくには納得できないよ。おばあちゃんが、もうぼくなんかに会いたくないって言うんだったら話は別だけどね」

「そんなことがあるわけないだろう。だけど、時間が」

「時間がって、どういうこと?」

「それは……」

少し困った表情を浮かべてうつむいた千枝が、思い切ったように口を開きます。

「じつはね、私がいる想いの谷が、この世界から消えてしまいそうなんだよ」

和也は声もなく祖母を見つめました。

「谷をおおうように咲いていたルセリアが、突然あちらこちらで枯れ始めたんだ。そうしたら、今度は谷全体がゆらゆらとゆらぐようになって、あたりの景色も私たち自身も姿が定まらなくなってきたんだよ」

「姿が定まらない？」

「そう。このままでは、谷が消えてなくなるのは時間の問題だ。もしかしたら、明日にでもなくなってしまうかもしれないんだよ。そうなったら、もうここに留まっていることはできないからね。私たちはみんな、向こうの世界へ逝かなくてはならないのさ。それでね、今のうちにお別れを言っておこうと思ったんだよ」

「待って、おばあちゃん！」

千枝の言葉を和也がさえぎりました。

「つまり、それって、想いの谷がなくならなければいいってことだよね。ぼくにできることを言ってよ。想いの谷を守るために、何をすればいいの？」

さびしげな微笑を浮かべ、あきらめたように千枝が首をふります。

「何も……私たちにできることは、もう何もないんだよ」

「そんなこと！」

いつもは感情を表面に出さない和也が、珍しく声を荒げました。

「最初からあきらめるなんて、そんなの、おばあちゃんらしくないよ。いつもぼくに言ってたじゃない。『何もしないで最初からあきらめちゃだめだ。まずやってごらん。やってみてだめだと思ったら、その時あきらめればいいんだから』って」

「ああ、そうだったね」

千枝の口もとに、かすかな笑みが浮かびます。

「でも、今度ばかりはわけが違うもの」

「違わないよ！」

和也の瞳には、これだけは譲れない、という強い気持ちがあらわれていました。その顔をまじまじと見て、千枝がやれやれとつぶやきました。

「相変わらずがんこだねぇ。いったい誰に似たものか」

「おばあちゃんだと思うよ、きっと」

にこりとして和也が言います。

「言いだしたら聞かないんだから」

半ばあきれ顔で、千枝が言いました。

「だったら、明日の夜、ルセリアの雌しべと雄しべからとった蜜と花粉をコップ一杯の水に溶かして、寝床に入る前にお飲み。そして、夜中の十二時少し前に屋根の上で待っておいで。十二時になったら、西の空に金色の流れ星があらわれるから、見つけたらその光に向かって飛んでいくんだよ。それは夢特急で、きっと停車して乗せてくれるから」

「屋根の上から飛べって言われても……！」

「だいじょうぶだよ。風が運んでくれるから。列車の行く先はリーフェンロイエン、夢を紡ぐ国だ。私がいる想いの谷はね、そのリーフェンロイエンにあるんだよ」

和也の肩にそっと手をのせて、千枝はやさしく言葉を続けました。

「あまりにも突然亡くなって、誰にも別れを告げることができなかった人たちは、望んでそれが認められれば、一年間だけ想いの谷に留まることができるんだよ。その一年を使って、思い残すことがないように、大切な人たちと別れを惜しむことができるようにね」

和也を見つめる千枝のまなざしは、慈しみとやさしさに満ちたものでした。

「それから、夢特急のことだけど、こちらから停車駅を申し出ないかぎり、終点までとまらないからね。必ず、車掌さんに途中下車することを伝えなければいけないよ。降りるのは緑野原駅《みどりのはらえき》。その駅で降り……水晶洞……賢者を訪ね……きっと力に……」

波紋が水面に映った姿をゆらめかせるように、ゆらゆらとゆれ始めた千枝の体がしだいに薄れていきます。

「想いの谷は絶対に守るから！　それまできっと待っててよ、おばあちゃん！」

ありがとう。

微笑んだ千枝のくちびるが、確かにそう言ったように和也には見えました。そしてその言葉を最後に、千枝の姿は霧が晴れていくように消え去り、和也の手のひらには一輪の花だけが残ったのです。

すべては、夢の中のできごとでした。

けれど、不思議なことに、目覚めた和也の枕もとには、その銀色の花が一輪置かれていたのです。

夜八時を少し過ぎた頃、母の奈津子が電話をかけてきました。入院患者の具合が急に悪くなったので今夜は帰れそうにない、と言うのです。

和也はさっそく行動を起こしました。

銀青色の雄しべの先に、ほんの少し切れ目を入れてふります。すると、それは澄んだ音色を響かせながら、金色のきらめきを放つ花粉をコップの中へと落とし始めたのです。

あたりには、キンモクセイの花にも似た甘い香が、まるで和也を包みこむかのように漂っていました。

五本すべての花粉を集め、そこに雌しべの蜜を落とします。最後に水を加えてよくかきまぜると、透明だった水が、またたく間に蜂蜜色の飲みものへと変わったのです。

それを一気に飲んで、和也はTシャツにジーンズ姿のままベッドに横たわりました。

真夜中少し前、セットしておいた目覚まし時計のベルが鳴ります。

十二時十分前だ。

目覚めて、まずはベッドの上に身を起こして立ちあがります。体がやけに軽くなったようで、何だかひどく変な気分です。

視線を下に向けると、驚いたことにそこに横たわっているのは和也自身で、ぐっすりと眠っているせいなのかどうなのか、ぴくりとも動く気配がありません。

一瞬、和也の頭の中はまっ白になりました。

ふわり。

体が宙に浮きます。同時に、驚きは跡形もなく消え去り、和也はそのままふわふわと屋根の上へと向かったのです。彼を地上にしばりつけていた重力から解き放たれ、浮き立つような思いが全身を駆けめぐります。

満天の星を見あげて、和也はわくわくしながら屋根の上で待ちました。

きらり。

西の空で何かが光ります。

深呼吸をひとつして、和也は暗い夜空へ飛びだしました。千枝の言葉どおり、風が上へ上へと運んでくれます。

近づくにつれて金色の流れ星は徐々に速度を落とし、和也の目の前に来ると静かに停車しました。

「途中下車なさるお客さまはいらっしゃいますか？」

後方のドアをあけて、車掌が入ってきました。

「いらっしゃいましたら、下車なさる駅名をお知らせください」

ぼんやりとその声を聞いていた和也がはっとして、勢いよく手をあげます。

「あっ、はい！」

「どちらで下車なさいますか？」

バクにそっくりな顔が、人のよさそうな笑みを浮かべて和也にたずねました。

「緑野原駅で降りたいんですが」

「緑野原駅ですね。それでしたら、間もなく到着しますので、最後尾のデッキに出てお待ちください」

「あ、それと、お願いがあるんですが」

「何でしょう?」

「水晶洞というところをご存じですか?　もしご存じなら、どう行くのか道を教えていただけると、とても助かるんですが」

「水晶洞でしたら、虹の滝をめざして行けばいいはずですが、その道となると……」

バクに似た顔に、なぜかひどく気の毒そうな表情が浮かびます。

「お教えしたいのはやまやまなんですが、じつを言うと、よくわからないんですよ、あそこの道は。感心するほどころころころと変わるものですから」

「はあ?　道が、そんなにころころと変わるんですか?」

「ええ、そうなんです。あったはずの道が次に行くとなかったり、前にはなかった道が突然あらわれたり、なんてことがしょっちゅうありましてね。でも、駅の外にある地図はそのつど変わっているようですから、それを見ればおわかりになると思いますよ、たぶん」

たぶん、という言葉に少々引っかかるものを感じはしたものの、とりあえず車掌に礼を言って、和也は最後尾のデッキへと向かいました。

「間もなく緑野原駅に到着します。お降りの際はお忘れ物などなさいませんよう、お荷物をよくお確かめください」

車内アナウンスが流れると、列車は速度を落とし始めました。

駅は、もうすぐのはずです。ところが、

「ほんとうに、ここなんですか?」

あ然とする和也に、車掌が大きくうなずいてきっぱりと言いました。

「間違いなく、ここです」

2

緑野原駅は、名前のとおり、何もないただの草原でした。

明るい日ざしの中、風にゆれて波うつ緑あざやかな草の他には、駅舎どころかプラットホームさえどこにも見当たらないのです。少なくとも、和也の目には。

「階段をおりたところがコンコースになっていますから、そこで標識をごらんになってください。きっと、どの出口から出ればいいかおわかりになると思いますよ。地図は出口のすぐ横にあるはずですから」

ありがとう、と礼を言って、和也はしかたなくデッキから草原のただ中へと降り立ったのです。去っていく列車の窓から、乗客たちが手をふってくれています。

おばあちゃんも、あんな風にして想いの谷へ行ったんだろうか。

そんなことを思いながら、走り去る列車に向かって手をふり返していた和也は、いつの間にか周囲のようすが変わっていることに気づいて驚きました。

立っている場所は、不思議な光沢のある象牙色の石でつくられたプラットホームで、三メートルほど先には、同じ石の階段が下へ向かって続いているのが見えます。

階段をおりていくと、そこはコンコースになっていて、出口へ向かう通路が四方へのびていました。誰もいないがらんとしたコンコースの中央には各出口を示す標識があり、その側面にさまざまな場所の名前らしいものが書きこまれていました。

さがすこと、数分。やっと、目的の虹の滝があるのは西口方面だとわかり、和也は長い通路を通って西口の外へ出たのです。

なるほど、出てすぐ右手の壁面に、大きな地図が描かれています。

「めざす虹の滝は……ここだな。そうすると、この道を行けば……あれっ？」

虹の滝から駅までの道を逆にたどろうと、地図の上を指でなぞっていた和也は、あっけにとられて指をとめました。ただの絵にすぎないはずの道が、突然消えたかと思うとまたあらわれ、袋小路になったかと思うと、今度は方向を変えるのです。

まるで、道が意志を持って動いてるみたいだ。

道が変わるんですよ、と言ったバクに似た車掌の言葉が頭の中を駆けめぐります。

「あれは、こういうことだったのか……！」

和也は頭をかかえてしまいました。

「これじゃあ、どの道を行けばいいかさっぱりわからない」

ぼう然とその場に立ちつくして、和也はしばらくの間ぼんやりと地図をながめていたのですが、ふとあることに気づきます。

それは、特に目まぐるしく変化しているのが、和也が進もうとしている道、つまり、虹の滝へ続いていると思われる道だけだ、ということでした。

そのことに気づいてよくよく観察してみると、幸いなことには、他の場所へ通じる道はどれも、見ている間に消えたり方向を変えたりというようすはありません。もっとも、もう少し時間がたてば、おそらくはどの道も何らかの変化をするのでしょうが、少なくとも和也が見ている間は、そんなようすはなかったのです。

まず、虹の滝に一番近い場所を目標にして進もう。そこからなら、何とか行く道が見つかるかもしれない。

かすかな希望の光が、和也の心をほんの少しだけ明るくしました。

「それで、一番近い場所はというと……この迷路の森あたりかな。ええっと、まず駅前の道を左にまっすぐ、そして分かれ道を右へ。またまっすぐに進んで、十字路に着いたらまた右の道へ。そこから少し行くと金色平原《きんいろへいげん》にぶつかって、その平原を越えた向こう側にあるのが迷路の森、か。かなり遠まわりになりそうだけどしかたないなぁ。だけど、いったいどれくらいの距離があるんだろう」

体力にはかなり自信があるものの、思わず知らずため息がもれました。

ですが、少々不安はあるものの、とりあえず一歩を踏み出すしかないと思い決めて、和也はふり返ることなく、駅前の道を左へまっすぐに進んでいったのです。

背後で、今出てきたばかりの駅舎がきらきらときらめきながら、光の中に溶けこむように消えてしまったことなど、まったく気づきもしませんでした。

しばらく進んで第一の分かれ道にたどり着くと、そこから右の道をまっすぐに進み、次の十字路にたどり着く頃には、さすがの和也もかなり息がはずんでいました。

十字路で、また右の道へ進みます。

地図によれば、その道の先に金色平原があるはずなのです。生い茂る樹木の間をぬってどこまでも続く道を、和也は懸命に歩きました。疲れた足がまるで鉛のように重く感じられます。

駅舎を出てから、いったいどれほどの距離を歩いたのでしょうか。

突然、目の前に広々とした平原があらわれたのです。足の痛みも疲れも一度に吹き飛んでしまうほどの光景に、和也は思わず息をのんで立ちつくしました。

目の前に広がる平原は、まさしく黄金色の輝きに満ちていました。

日の光を受けて、まばゆいほどにきらめく黄金の花々。その花の上を優雅な舞姫のように飛ぶ蝶たちは、光の中でその羽の色を虹の彩りに変えて見せています。

花から花へ忙しそうに飛びかう蜂たちはと言えば、胴まわりに濃紺の細い線が二本入っている他は全身が金色で、しかも、こきざみにふるわせるその透明な羽からは、飛び立つたびに光をまき散らすかのようなきらめきがこぼれ落ちているのです。

和也は、胸いっぱいに息を吸いこみました。あたり一面に漂うバラの花の香にも似た芳香が、肺の奥にまですぅっとしみこんできそうな気がします。

「あなた、ここで何してるの？」

不意に、すぐそばで誰かの声が聞こえました。

あわててあたりを見まわす和也の耳に、

「ここよ。このニフレディアの上よ」

少しばかりいらだったような声が、もう一度聞こえます。

ニフレディアの上って……もしかして、この花の上？

視線を黄金色の花に向けると、和也の膝の高さほどの花の上に金色の蜂が一匹とまっていました。

いや、とまっていたと言うより、脚を組んで花びらの上に腰かけていた、と言った方が正しいかもしれません。しかも、その蜂はしゃべっているのです。

その事実と自分がその言葉を理解できているという状況を、なぜか驚きもせずに受け入れている自分自身に、和也はあ然としていました。

「もう一度聞くけど、ここで何してるの？」

「じつは、虹の滝へ行こうと思って、ここまで来たんですが……」

「虹の滝ですって！」

金色の蜂は和也の目の前にすいと飛びあがると、相手の心を見透かすような黒い瞳で、まじまじと和也を見つめました。

「虹の谷へ行くのに、ずいぶんと遠まわりしたものね。まっすぐに行けば、ここまでの半分の距離ですんだのに」

「ぼくだって、ほんとうはまっすぐに行きたかったんです。だけど、虹の滝までの道がころころ変わるもので、しかたなく……」

「あら、あなた、ノームにきらわれたの？」

「えっ？　ノーム？」

「大地の精のことよ。風の精はシルフィーリ。火の精はフィアリス。水の精はアンディーン。中でもノームは一番の気むずかし屋で、好ききらいがはっきりしてるの。でも、あなたって、ちっとも感じ悪くないわよね。まあまあハンサムだし、性格もかなりよさそうに見えるし。ということは、あなた、からかわれたのよ、きっと。ほら、よくいるじゃない、ちょっとからかってみたくなる子って」

「あれが、ちょっとからかわれたって程度のことになるんですか？」

　何やら、全身から力が抜けていくような話にどっと疲れが出て、和也はへなへなとその場に座りこんでしまいました。

「あらっ、どうかした？」

　すいっと肩にとまってたずねる蜂には、まったく悪気はないらしいのですが、和也の方は思わずため息をもらします。

「どうもしませんよ。ただ、少しばかり疲れただけです」

「若そうに見えるけど、そんなに疲れやすいなんて、まるで年寄りね。お気の毒」

　あきれたような口ぶりの蜂に、和也は返す言葉がありません。

「そうそう、自己紹介がまだだったわね。私はミツバチのリーマ。あなたは？」

「ぼくは和也。杉野沢和也です」

「ふーん、カズヤって言うの。で、そのカズヤは、虹の滝へ何しに行くの？」

「ほんとうは水晶洞へ行きたいんです。でも、そこへ行くには、まず虹の滝をめざして行くように、と教えてもらったものですから」

「水晶洞?」

「はい。ええっと、水晶洞の賢者という方を訪ねようと思って」

「それって、フィンダルムのことでしょう?」

「フィンダルム? その人が水晶洞の賢者なんですか? その人を知ってるんですか?」

「まあね。このあたりで、フィンダルムを知らない者はいないわ。だけど、今行っても会えないかもしれないわよ。二週間くらい前から、どこかに出かけて留守みたいだから」

「そんな! 留守だなんて……」

がっくりと肩を落としかけた和也ですが、すぐに思い直します。

「とにかく行ってみます。もしかしたら、もうもどっておられるかもしれませんから。それで、お願いなんですが、リーマさん、道を教えていただけませんか?」

「そうね、ここで会ったのも何かの縁だから。いいわ、案内してあげる」

「よかった! ありがとうございます」

「途中に友だちが何人かいるから、フィンダルムを見かけたかどうか聞いてみるわ。帰ってきてるといいんだけど」

透明な羽をふるわせて、リーマが言いました。

「友だちかぁ……なんだか、すごくなつかしく聞こえる」

和也がやけにしみじみとした口調で言うのを聞いて、

「もしかして、あなた、友だちいないの？」

「まあ、そうですね」

ちょっと肩をすくめて、和也がこたえます。

「これでも、以前はけっこう気の合う友だちがひとりいたんですけど、引っ越していってしまったんで、今はただのクラスメートがいるだけです」

「友だちって言える人、ただのひとりも、いないの？」

「ええ、まあ」

かすかな笑みを浮かべてうなずく和也に、

「さびしく、ないの？」

「ぜんぜん。もう慣れっこですよ。それに、ひとりでいる方が気楽だし」

「そんなの、さびしすぎるわよ！」

肩の上で、リーマがうつむきました。

「だって、私だったら、きっとたえられないと思うもの……」

急にしんみりとなった雰囲気を変えようとして、和也が口を開いたのとほぼ同時にリーマが声をあげます。

「そうよ、そうだわ！」

「どうしたんですか、急に？」

「私とあなたが友だちになればいいのよ！」

和也の肩の上ですっくと立ちあがったリーマが、高らかにそう宣言しました。

「ええっ！」

「なあに？　私が友だちじゃ、不満だとでも言うの？」

「い、いえ、不満だなんてそんなことは」

あわてて、和也が首を横にふると、

「それじゃあ、たった今から、私とあなたは友だちよ。いい、友だちなんだから、悩みごとがあったり落ちこんだりした時には、ちゃんと私に言うのよ。少なくとも、そのことについて一緒に解決策を考えたり、そばにいて力づけてあげることはできるもの。それが友だちってものだって、私は思ってるの。だけど、あなたってほんと運がいいわよね」

にっこりとして自分をさし示しながら、リーマが胸を張って言いました。

「こんなにかわいい友だち、どこをさがしたって、そうそう見つかるものじゃないんだからね。でしょ？」

「そうですね」

思わず笑顔になって、和也がうなずきます。

「ぼくも、まったく同感です」

「よかった。やっぱり、笑顔の方がずっとステキよ」

「ありがとうございます、リーマさん」

「あ、それから、私のこと呼ぶ時はリーマだけでいいわ。友だちにリーマさんなんて呼ばれると、何だか自分のことじゃないみたいな気がするから」


リーマの案内で金色平原に足を踏みいれた和也は、いささかうんざりとした表情でかなたの森をながめました。

これから向かう迷路の森は、金色平原を越えた向こう側、はるか遠い地平線上に見えています。そのうえ、しばらくの間忘れていた足の痛みがまたぶり返してきているのも、和也にとって気になるところでした。

あそこまで、まだ歩くのかぁ。

そう思うと、言葉が口をついて出てしまいます。

「遠いなぁ」

ため息まじりのつぶやきを聞きつけて、リーマがこともなげに言いました。

「あら、そんなに遠くなんかないわよ」

「そんなに遠くないって、虹の滝に一番近い迷路の森は、あんな、はるかかなたの地平線上にあるんですよ」

「迷路の森ですって！　あんなところに行くつもりだったの？　あなた、永久に森から出られなくなるところだったわよ。私に出会って命拾いしたわね。それに、そんなところまで行かなくても、もっとずっと近いところに門があるんだから、まかせて」

ふふっと笑って、リーマが言います。

「リーフェンロイエンはね、存在自体が魔法なの。つまり、どこもかしこも魔力に満ちているってわけよ。ここにはね、ある場所から別の場所へ通じるいくつもの門があるの。そしてこの金色平原にはそういう門がふたつあるのよ。平原の西の端あたりにひとつ。それよりずっと近い場所にもうひとつ。その近い方の門が、私たちが今向かっている、この南の端から東の端へ向かう途中にあるのよ」

「どんな門なんですか？」

「うーん。どんな門かって聞かれてもねぇ、ちょっとうまく説明できないんだけど」

リーマが少し困った顔になりながら、言葉を続けます。

「とにかく、ふつうは目に見えない門なのよ。でも、だいじょうぶ。私、どのあたりにあるか知ってるから。それに、よく気をつけていれば、門の周囲の空間がほんの少しゆがんでいるのがわかるはずなの。だけど、ゆがみを見つけたからってすぐに近づいちゃだめよ。気をつけないと、闇の領域へ行ってしまうことだってあるんだから」

「闇の……領域？」

「そうよ。だから、とにかく何をするにしても、私がいいって言ってからにしてちょうだいね。わかった？」

「あ、はい」

リーマの言葉にうなずきながら、和也が思わずくすっと笑います。

「なに？　何がおかしいの？」

「なんでもありませんよ。ただ、リーマはきっと、ぼくより年上のお姉さんなんだろうなぁって、ふと思っただけなんです」

「なんですって！　私が年上のお姉さんですって！」

激しく羽をふるわせて、リーマが叫びました。

「あなたって、どんな育ち方をしたの？　しつけがぜんぜんなってないじゃない。いくら友だちだからって、女の子に年が上だの何だのって話をしちゃいけないってこと、今まで教わらなかったの？　ほんと、これ以上失礼なことってないわ！」

つんとあごをそらすと、リーマは和也の肩からさっと飛び立ちました。

「す、すみません！」

あわてて、和也が後を追います。

「そんなに気を悪くするなんて、思わなかったんですよ」

ぷりぷりしながら目の前を飛ぶ金色の姿を追って、和也は走りに走りました。このところ少し運動不足だったせいか、心臓が早鐘を打つようにどきどきしています。

「リーマ、リーマ、お願いですからぁ、待ってくださいってばぁ」

けれど、降りそそぐ日の光と黄金の花の輝きの中に金色の小さな姿はいつしかまぎれてしまい、ついには和也の視界から完全に消えてしまったのです。

小さな友人の姿を見失った和也は、はぁはぁと荒い息をはきながら足をとめました。

そこが、平原のどのあたりになるのかはわからないものの、さっきリーマと出会った場所からは、かなり東へ来ているはずでした。

このあたりには、リーマが言っていた門はないんだろうか。

じっと目をこらして、和也は注意深く周囲のようすを観察しました。気のせいか、まるでかげろうのように、わずかに景色がゆらいで見えるところがあります。

「目の錯覚……？」

目をこすって見直し、何度か別の方向と見くらべてもみましたが、やはり見間違いなどではなく、そのあたりの空間がゆらいでいるようなのです。

あれが門のある場所かも……！

かすかなゆらぎを見せる空間に向かって、和也はゆっくりと近づいていきました。

『闇の領域に行ってしまうことがあるから、気をつけなきゃいけないわよ』

そう言っていたリーマの言葉が、ふと頭の片すみをよぎります。

空間の三歩手前で足をとめると、和也は息をのんで見守りました。

ゆらめきながら広がっていく空間が、突然ぐにゃりと大きくゆがんだかと思うと、何かの太い蔓がからみあってできたような不思議な門が、奥の方からゆっくりと浮かびあがってくるのが見えます。

和也は、もう一度あたりを見まわしました。

どこへ行ってしまったのか、金色の小さな蜂の姿はまったく見当たりません。ただ、近くをひらひらと舞っていた虹色の蝶が、気をつけて、と声をかけてくれただけ。

リーマが来てくれるのを待つべきかどうか。

和也は迷いました。

空間はすでに完全に固定されて、門の向こう側にはかなたへ続く道さえ見えています。

けれど、ほんのまばたきをする間に、その門は霧が晴れるように消え去ってしまうかもしれないのです。

しばらくためらった後、やっぱり進むしかない、と和也は心を決めました。

決心を実行に移す前に大きく深呼吸をして、和也はその不思議な門の向こう側へと足を踏みだしたのです。

第二章　出会い

1

「銀のルセリア咲く谷を、シルフィーリたちが渡りゆく」

誰かが、少しばかり調子はずれの歌をうたっています。

ルセリア……シルフィーリ……？

和也はゆるゆると目をあけました。

「ここは……？」

どう見てもそこは寝台の上で、あの不気味きわまりない白い森の中ではありません。しかも、知らない間に服を着がえてさえいるのです。

着ているものは、やわらかな素材でできた四角い袋を、頭と腕の部分だけ切り抜いたような白いだぶだぶの衣服。

ねまきかな？　でも、いったい誰が……？

あわてて起きあがろうとした途端、全身いたるところに激痛がはしります。しかも、頭の中を誰かにハンマーでなぐられてでもいるかのようなひどい頭痛まで。

痛みにたえかねて、和也はそのまま寝台の上に突っ伏してしまいました。がまん強いことには自信のある和也でさえ、思わず涙ぐんでしまうほどの痛みです。

やわらかい枕に顔をうずめ、痛みで身動きができない状態のまま、何とかおぼろげな記憶をたぐりよせようとして、和也は涙ぐましい努力を続けました。

とぎれとぎれの記憶の断片に、緑一面の草原や金色の平原が浮かんだかと思うと、それがいつの間にか白い森へと変わります。

確か、小石を投げた方向へ歩いていて、突然何かにぶつかった……ぶつかった？　何にぶつかったんだ？

記憶の糸をたぐり寄せかけたその時、ドアがさっと開きました。

さわやかなハッカの香とともに、誰かが部屋に入ってきます。

「おや、気がついたんですね。よかったぁ。まる一日意識がもどらないんで、じつを言うと、かなり心配していたんですよ」

にっこり笑って言った人物の姿は、どう見てもアナグマそのものです。けれど、ただのアナグマでないことは、疑う余地のない事実でした。と言うのも、目の前のアナグマ氏は二本の足で歩いているうえ、なぜか、和也が理解できる言葉をしゃべっていたからです。

背丈は和也の肩くらいでしょうか。黒々とした丸い目がやさしく和也を見つめます。

こんな時、驚いて声も出ない、というのがふつうの反応だと思われますが、金色のミツバチに出会った時でさえ、気がつけばいつものように話をしていた和也なのです。

「目が覚めたのなら、ちょうどよかった。ハッカ茶を持ってきたんですよ。乾燥させた月香草《げっこうそう》を煎じて入れていますから、しばらくしたら、痛みがかなり和らぐと思います」

寝台わきの卓の上にカップを置くと、アナグマ氏は和也の体をそっと起こして、背中に枕をあてがってくれました。

「ねまき、大きめのしかなくて、申しわけありません。着心地が悪いでしょう?」

「いえ、そんなことは」

「それならいいんですが、さ、少し飲んでみてください」

「ありがとうございます」

和也はさしだされたカップを素直に受け取りました。あたたかい湯気の中に、さわやかな香りが漂っています。

「ぼくは、あなたに助けていただいたんですね」

「いえいえ、私はベッドを提供しただけですよ。友人があなたをかつぎこんだ時には、さすがに驚きましたけれどね」

「では、僕を助けてここに運んでくださった方は？」

「人を訪ねる途中だったそうで、あなたをあずけると、すぐに出かけていきましたよ」

「ぼくは、いったい、どうなったんでしょうか？　何かにぶつかったらしいのは覚えているんですが」

「おそらく、ダーマレッグにやられたんだろう、と友人は言っていました。あなたはほんとうに運がよかったんですよ」

　空になったカップを受け取りながら、アナグマ氏が言いました。

「意識を失ったまままあんな霧の中にひと晩いたら、おそらく助からなかったと思いますよ。さらに幸運なことには、見かけよりずっと頑丈なようで、骨折もしていませんでしたからね」

「あのぉ、助けてくださったお友だちには、どこへ行けばお目にかかれるでしょうか？　お会いして、助けていただいたお礼を言いたいんですが」

「帰りにまた寄るって言ってましたから、ここでゆっくりしていれば会えますよ」

　アナグマ氏が笑みを浮かべて言いました。

「そうそう、まだお名前を聞いていませんでしたね」

アナグマ氏が和也をじっと見つめて言いました。

「私は花冠熊《はなかんむりぐま》のバジャルワックです」

「ぼくは杉野沢和也です。助けてくださって、ほんとうにありがとうございました。それに、さっきの薬草のおかげで、痛みが和らいでずいぶんと楽になりました」

「いいんですよ、そんなことは。ええと、スギノサワカズヤ？」

「和也と呼んでください。それが名前ですから。杉野沢は苗字なんです。あの、バジャルワックさん、質問してもいいでしょうか？」

「さん、はいりませんよ、カズヤ。バジャルワックでけっこうです。質問というのは何ですか？　私にこたえられることならいいんですが」

「さっき言っておられた、ダーマレッグというのは、いったいどういうものですか？」

「ああ、それは」

バジャルワックが説明しようとした時、誰かが表のドアをたたく音が聞こえました。

「誰だろう？」

ちょっと失礼しますよ、とバジャルワックは部屋を出ていきました。

背中にあてがってくれた枕にもたれて、和也は室内をぐるりと見まわしました。

家具といえば、寝台と寝台わきの卓の他には、窓ぎわに小さな書き物机と椅子があるだけのこぢんまりとした部屋でしたが、和也にはとても居心地よく感じられました。

　窓は寝台と向き合った部屋の反対側にあり、よろい戸が大きく開かれたその窓から、午後のやさしい風にのって、ほのかな花の香が部屋の中にまで漂ってきていました。


「セラ！」

　表のドアをあけたバジャルワックの声が、ひどくはずんでいます。

　どうやら、うれしい客らしい、と和也は思いました。

「早かったんですね。もどりは明日だとばかり思っていましたよ」

「じつは、お目にかかれなかったんだ。どこかへお出かけだとかで」

「そうですか。それは残念なことでしたね。まあ、とにかく、中に入ってゆっくりしてください。あ、それから、彼の意識がもどったんですよ」

　話し声はそこでとぎれ、和也のいる部屋のドアが再び開きます。

「カズヤ、こちらがあなたを助けてくれた人ですよ」

　満面に笑みをたたえて入ってきたバジャルワックを見て、和也は目を丸くしました。

　アナグマ氏の頭のてっぺんに、小さな白い花が輪になって咲いていたのです。

「バ、バジャルワック、頭に花が！」

「だから、花冠熊だって、さっき自己紹介したでしょう」

驚く和也に、バジャルワックが口をとがらせます。

「ロリオンの者でなければ、ふつうは驚くだろうな。私も、初めて会った時にはひどく驚いたものだ」

バジャルワックの背後から、部屋に入ってきたもうひとりの人物が言いました。口調はぶっきらぼうですが、涼やかで澄んだ響きの声です。

視線をめぐらせて、和也は入ってきた人を見ました。

年の頃は和也と同じか少し年上でしょうか。流れるような金糸の髪に切れ長の大きな目が印象的で、純白の陶磁器を思わせる頬には長いまつげが影を落とし、あごと細い首の輪郭はこの上なく優美な線で描かれています。そして、小さく形のよいくちびるはほんのりと赤味を帯びて見え、かすかに笑みを浮かべた瞳の色は、澄みきった空を思わせる青。

天空の神々もかくやと思われるその美しさは、はかなげなところなどどこにもなく、まっすぐに見つめる瞳は命の輝きに満ちていました。

おそらく、どんなにすぐれた画家でも、この人の美しさをキャンバスの上に写しだすことは絶対に不可能でしょう。

　そんなことをぼんやりと考えているすぐそばで、

「月香草は?」

　耳に心地よく響く落ち着いた声が、バジャルワックにたずねます。

「さっき、ハッカ茶と一緒に飲んでもらいましたよ。それで、ずいぶんと痛みが治まったようです。そうでしょう?」

　こたえたバジャルワックが、今度は和也に同意を求めます。

「カズヤ、どうしたんです?」

　目の前でひらひらと手をふられて、和也ははっとわれに返りました。

「な、何ですか?」

「私の話、聞いてなかったでしょう」

「す、すみません。少しぼーっとしていたものですから」

「ぼーっとね」

　くっくっくっとおかしそうに、バジャルワックが笑います。

「口をあんぐりとあけて、セラに見とれていましたものね」

「バジャルワック、そんな風にけが人をからかうものじゃない」

思わず真っ赤になった和也を見て、かたわらからセラがたしなめます。

「すみません。ぼくは、ただ、あなたがどうやってぼくをここへかつぎこんでくださったんだろう、と考えていたものですから」

身長百六十五センチの和也より背は少し高いようですが、若木のようにほっそりとした姿からは、とてもそんな力があるようには思えないのです。

「ああ、それは」

セラが笑いました。

あたたかな春の日だまりを思わせる、やさしく包みこむような笑顔です。

身にまとっているのは、瞳と同じ青の地に金糸でぬい取りをしたチュニックに濃紺のマント。まるで、中世の騎士を思わせるそのいでたちは、少年のようであり少女のようでもあって、和也にはどちらとも判断がつきませんでした。

「べつに、私がここまでかついできたわけではない。馬の背に君を乗せて私は歩いた。それだけのことだから」

淡々とした口調で、セラが言います。

「でも、馬の背にぼくを乗せるだけでも、すごく大変だったと思います。助けていただいて、ほんとうにありがとうございました」

「大事にいたらなくて、ほんとうによかった。もう二、三日ゆっくり休んでいれば、完全に元どおりになるだろう」

「それで、今夜はここに泊まって、明日はどうするつもりですか？」

横合いから、バジャルワックがたずねます。

「明日はお帰りになるだろう、と留守番の者が言っていたから、もう一度訪ねてみるつもりだ。申しわけないが、明日もまた、泊めてもらうことになるかもしれないな」

「お気づかいなく。私の方は、いつまでいてもらっても少しもかまいませんし、その方がカズヤも喜びますよ、きっと」

にんまりとした笑みを浮かべて、バジャルワックが言いました。

驚いたことに、頭上の花はいつの間にか消えています。

「そうそう、まだおふたりを、ちゃんと紹介していませんでしたね」

思い出したように、バジャルワックが言います。

「カズヤ、こちらは私の友人で、セラフィリアン。セラ、この少年はカズヤです」

「よろしく、カズヤ。私のことは、セラと呼んでくれてかまわないから」

「は、はい。こちらこそ、よろしくお願いします、えっと、セラ」

こたえながら、まだ目の前の人物を、少年とも少女とも判断しかねている和也でした。

翌朝、会えなかった相手をもう一度訪ねるために、セラは出かけていきました。

「食事どうします？　動けるようなら、こっちで一緒に食べませんか？」

セラを見送ってもどってきたバジャルワックが、ドアのところから顔をのぞけて声をかけます。

「はい、何とかだいじょうぶですから、ぼくもそっちへ行きます」

バジャルワックに支えられながら、和也はテーブルにつきました。

「紅茶には、この金花蜜《きんかみつ》をお好みで入れてください。マフィンはそのままでもいいし、このジャムをつけてもおいしいんですよ」

「このマフィン、バジャルワックが作ったんですか？　すっごくおいしいですよ」

「それはよかった。食欲があるってことは、快方に向かっている証拠ですからね」

満足そうにバジャルワックが言い、やがて、テーブルの上の皿はきれいさっぱりと空になりました。

「この金花蜜って、もしかしてニフレディアの蜜ですか？」

「おや、よくご存じですね。そのとおりですよ。ニフレディアの花は別名金麗花《きんれいか》というんです。このロリオンでも、金色平原にしか咲いていないんですよ」

「ロリオン？　リーフェンロイエンじゃないんですか？　そう言えば、セラもそんなこと言ってましたよね。ロリオンの者がどうとかって」

「ああ、それは、つまりですね」

　空になった皿をさげかけた手をとめて、バジャルワックが説明を始めます。

「このリーフェンロイエンは、光の神々のひとり、夢の女神シュリナール・フィアスのまどろみから生まれたと言われる、夢を糧として存在している世界なんですよ。糧となる夢は星の海を漂い流れてくるもの、人界や妖精界から夢の精たちによって運ばれてくるものなどさまざまですが、すべての夢がはるか北の夢幻の谷にある黄金の夢想樹《そうじゅ》に吸収されて、その中から、夢紡ぐ乙女たちによって命の輝きが紡ぎだされます。紡ぎだされた命の輝きは徐々に大気に溶けこみ、やがてそれが光の雨となって大地に降りそそぐと、この世界の生きとし生けるものすべてのものに新たな命が誕生する、と言われているんです」

　無言のまま、目を丸くして聞き入る和也を見て、バジャルワックは満足そうに言葉を続けました。

「とは言え、それまでには相当な時間が必要ですので、残念ながらここでは、新たな命の誕生はなかなか望めない、というのが現状なんですけれどね。その夢紡ぐ乙女たちによって紡ぎだされ、形づくられているのが、この光の領域ロリオンです。そして、乙女たちが紡ぐことのできない夢、つまり、怒りやねたみ、憎しみ、恐怖などからつくりだされる夢によって構成されているのが、闇の領域と言われるダルヴィアなんですよ」

リーマが言っていた闇の領域とは、このことだったのか。

なるほど、と和也は思いました。

「すると、バジャルワックは、夢から紡ぎだされて生まれた存在ってことですよね」

「そうですよ」

「じゃあ、セラも、そうなんですか？」

「いえいえ、違いますよ」

バジャルワックが、あわてたように首を横にふります。

「セラはロリオンの住人ではありませんよ。人界からやって来た正真正銘の人間です。自分では吟遊詩人だと言っていますが、家族のこととか出身地とか、くわしいことはまったく知らないんですよ。いくら友人でも、踏みこめない部分ってありますからね」

バジャルワックの声がしだいに低くなり、肩が少しばかり下がっているのに気づいて、和也は何と言ったらいいのかわからずあせってしまいました。

「でも、友だちに変わりないでしょう?」

「ええ、そうです。そうですよね」

落ちこみかけていたバジャルワックが、和也の言葉ですばやく立ち直ります。

「家庭の事情と友情とは、まったく別の問題ですからね。私とセラとの友情が、それでどうこうなんてことはありませんよね、きっと。カズヤもそう思うでしょう?」

再び明るさのもどった表情でバジャルワックが言うのを聞いて、もちろんですよ、とうなずきながら、バジャルワックの立ち直りの早さを、少しばかりうらやましく思う和也でした。

「ところで、昨日聞きそこねた質問なんですが、ダーマレッグというのは?」

「ああ、それは、あの白霧の森にすむ速駆け鳥のことですよ。ふつうの鳥とは違って、飛ぶことができないので、地上で活動しているんです。全身があの霧に溶けこむような白一色で、飛べない代わりにすごい脚力の持ち主なんですよ」

バジャルワックの言葉は、和也にダチョウの姿を思いださせました。

「本気で走ったら、馬より速いかもしれません。それに、体が大きいわりに体重が軽いので、聞こえるかどうかくらいの足音しかたてないんですよ。でも、その代わりとてもおしゃべりで騒々しいんです。行動するのはだいたい森の中および周辺です。主食はアマラスの花や木の実、性格はとてもおだやかで、仲間同士争うこともありません」

「でも、その性格のおだやかな速駆け鳥に、ぼくはやられたんですよね？」

「それは、たぶん、近くで子どもたちが遊んでいたんだと思いますよ」

バジャルワックが、いかにも気の毒そうな口調で言いました。

「成鳥はふつう走らずに速歩くらいの速さで移動するんですが、子どもたちときたら、それはもう、しょっちゅうふざけて駆けまわっていますからね。おそらく、その時もきっとふざけていたんでしょう」

「それじゃ、ぼくは、遊んでいた子どもにはね飛ばされたわけですか？」

「子どもと言っても、背丈はカズヤとあまり変わりませんからね。そう、五フィート半くらいの高さかな。おとなだと、八フィートから九フィートくらいありますからね」

つまり、百五十五センチくらいの背丈の子どもってことだ。

などと考えながらバジャルワックの言葉を聞いているうちに、何とも言えない脱力感が全身を包んでいくような気がします。

「それにしても、あの森は、どうしてあんなに霧がすごいんですか？」

「ダーマレッグの森、だからですよ」

「どういう意味ですか？」

「ほら、火を吐く竜っているでしょう。それと同じですよ。彼らは霧を吐きだすことができるんです。自分たちの身を守るための手段としてね。小さい子どもがいる時には、特に霧が濃くなるんですよ。闇黒山脈《あんこくさんみゃく》の竜鳥が、ダーマレッグの子どもたちをねらってちょくちょくやって来るもので」

身を守る手段としてしかたがないとは言え、霧の中で生活しなければならないダーマレッグに、和也は深く同情したのです。

「それはそうと、カズヤ、何だってあの森にいたんです？　ロリオンの者でも、あそこへはあまり近づかないんですよ」

食事の後片づけをしながら、バジャルワックが和也にたずねました。

「じつは、ぼくにもよくわからないんです。水晶洞を訪ねる途中だったんですが」

「水晶洞ですって！」

「はい。その水晶洞の賢者を訪ねる途中、金色平原で、水晶洞への近道だという不思議な門を通ろうとしたんですが、どうやらそこには落とし穴があったらしくて、ふわっと体が浮いてすとんとしりもちをついたら、いつの間にかあの森にいたんです」

「金色平原の不思議な門ですって！　まさか……！」

あんぐりと口をあけたまま、バジャルワックは目を丸くして和也を見つめました。

「バジャルワック、どうかしたんですか？」

「誰が、あれを近道だなんて言ったんですか？　この世界に生を受けた者以外に単独であれを通ることができるのは、妖精族や魔法遣いのような魔力を持った者だけです。もしそうでない者が通ろうとすれば、それこそ命とりになりかねない場所なんですよ。ダルヴィアへ行くか、それともまったく別の世界へ行ってしまうか。とにかく、あの森に出られたのはたまたま運がよかったからに他なりません。まったく、何て無茶なことをするんですか！」

あきれ果てたと言わんばかりに、バジャルワックが首をふります。

「それにしても、近道だなんて、何だってそんなでたらめを教えたんですかねぇ」

「でたらめを教えたんじゃありませんよ。案内してくれていたんです」

バジャルワックの言葉に、和也が反論します。

「ぼくがこの世界に不案内なうえに、水晶洞へ行くのに相当な遠まわりをしてしまったものだから、リーマが、あ、友だちなんですけど、親切心で近道を教えてくれたんです。それに、闇の領域に入ってしまう可能性があるからひとりでは絶対に近づかないように、と忠告もしてくれていたんです。それを、リーマがそこにいないことを理由に、ぼくが自分ひとりの判断で行動してしまったから、いろいろな人に迷惑をかけることになってしまって。きっと今頃、リーマも心配してくれていると思います」

「申しわけありません、カズヤ。お友だちのことなのに、とてもひどい言い方をしてしまいました」

そう言ったバジャルワックの頭には、またもや白い花の輪がぱっと開いています。

「バジャルワック、また頭に花が」

「うれしいからですよ。カズヤが、やさしくてとても友だち思いだとわかったものだから、それでうれしくなって、つい」

そう言うバジャルワックの目には、いつの間にか涙が浮かんでいます。

「それって、大げさすぎません？　花冠熊って、みんなそんなに感激屋なんですか？」

「感激屋だなんて。できれば、感受性が非常に豊かだと言ってほしいですね」

そう言いながらも、バジャルワックはハンカチで軽く目頭を押さえているのです。

「そのリーマっていう友だちを、心から信頼しているんですね、カズヤは」

「口は悪いけど、見ず知らずのぼくの道案内を、すぐに引き受けてくれたくらい親切なんです。それに、ぼくには友だちと呼べるような存在はいないと言ったら、『たった今から私が友だちになるわ』なんてさっさとひとりで決めてしまって。ちょっぴり押しつけがましいけれど、ほんとうは、うれしかったんです。そんなこと、今まで誰も言ってくれませんでしたから。ぼくにとってリーマは、ここで出会った最初の、いえ、生まれて初めての、と言っていいくらいの大切な友だちなんです」

「そうだったんですか」

バジャルワックがやさしく微笑みます。

「そうですね。何ごとも、疑うよりまず信じるところから始めるべきですよね。そして信じ続ける。むずかしいけれど、とても大切なことだと思いますよ。それに、そのリーマという人がカズヤの最初の友だちなら、私はカズヤの二番目の友だちです。つまり、私とそのリーマさんとは、友だちの友だちということになるわけです。だから、私も信じますよ、その友だちのことを」

「ありがとう、バジャルワック」

何かあたたかいものが心の中に広がっていくような、そんな思いを共有して無言になったふたりの背後から、その時、不意に誰かが声をかけてきたのです。

「感動的な会話のおじゃまをしたくはないんだけれど、何だか私にも関係ありそうなお話だから」

　どこかで聞いたような、と思いながらふり返った和也の目に、金色のミツバチの姿が映りました。

「リーマ！」

　相手が自分と同じ大きさであれば、喜びのあまりだきついて、さらにリーマを怒らせていたかもしれません。けれど、小さなミツバチ相手では、幸いなことにそれは不可能でした。

「さがしに来てくれたんですね？」

「行きがかり上、しかたないでしょ」

　和也のうれしそうな顔を横目に見ながら、テーブルの上にすいと降り立ったリーマは、透明な羽を激しくふるわせ小さな手足をふりあげて、ひどくおかんむりのようすです。

「それで、誰が口が悪くて押しつけがましいんですって？　第一、あれほど注意してあげたのにこんな無茶なことをして！　ソフィーが教えにきてくれたからあわてて行ってみればもうどこにもいないじゃないの。あっちこっちさがしまわったんだから。もしあなたに何かあったら、ぜんぶ私の責任じゃないの。どうしようかと思って、ほんとうに心配したんだから。まったく、勝手にひとりで突っ走るのはやめてちょうだい。少しはふりまわされる方の身にもなってよね。迷惑なんてものじゃないんだから。もう、あなたみたいに、自分勝手でしつけがぜんぜんなってなくて、自分ひとりの力で生きてるんだって思いこんでるような傲慢な人、今まで見たことないわ！」

いっきにまくしたてるリーマに、和也はひたすらあやまるのみです。

「ご心配をおかけしてしまって、申しわけありませんでした。すごく反省してます。ほんとうです」

「ほんとうに、反省してるようね」

つんとあごをそらして、リーマが言いました。

「ま、無事だったんだから、今日のところは許してあげるわ。でも、今回だけよ。それから、そこのあなた！」

次に、リーマの怒りの矛先が向けられたのは、和也の横であっ気にとられているバジャルワックでした。

「なあにが、『やさしくて友だち思いなのがうれしいんです。その友だちを心から信頼してるんですね』よ。そんなことはあたりまえじゃないの。私とカズヤは友だちなんだから。友だちを信じられなくなったら、それこそお終いだわよ。あなたってほんと、あきれるくらい単純な感激屋以外の何者でもないわね。それに、いったい誰と誰が、友だちの友だちなわけ？　言っておきますけど、私はお断りですから」

「誰が、あきれるくらい単純な感激屋、なんですか？」

今度は、われに返ったバジャルワックが、リーマに向かって反撃を開始します。

「他の人にくらべて、少しばかり感受性が豊か過ぎるからと言って、そんな言い方失礼じゃありませんか。カズヤ、さっき友だちの友だちと言ったのは、私の誤りでした。あの言葉は撤回します。私の方こそ、お断りです！」

「ちょっと、ふたりとも」

たまりかねて、和也が仲裁に入ります。

「いいかげんにしてください！　まるで、子どものケンカじゃないですか」

けれど、そんな和也の言葉は完全に無視されて、火花を散らすふたりの応酬はさらに続いたのです。

「ひとの家に断りもなくずかずか入ってきたあげく、好き勝手に言いたい放題言うようなこんな失礼きわまりない相手となんか、誰が友だちになるもんですか！」

「まあ、勝手にずかずかですって！　何度もノックしたのに、そっちがふたりで盛りあがってて、ぜんぜん気づかなかったんじゃないの！」

低次元の口論を続けるふたりの横で、思わずため息をつく和也。その耳に、突然、まったく聞き覚えのない声が聞こえたのです。

「ふたりとも、そのへんにしておいたらどうじゃ？」

それは、おだやかでとても威厳のある声でした。


その人物は、雪のように真っ白なあごひげを胸のあたりまでのばした、背の高い老人でした。長くゆったりとした灰色の衣を身にまとい、腰には三本のひもを編んだような帯を巻きつけていて、片手にはねじれた太い杖を持っています。

「ほれ、少年があきれておるぞ」

そう言うと、声の主はマントの頭巾をぬいでゆっくりと歩み寄りました。頭巾の下からあらわれた髪は、あごひげと同じく真っ白です。

「フィンダルム！」

バジャルワックが叫びました。

頭のてっぺんに、またもや花が咲いています。しかも、今度はなぜか、白ではなく黄色の花なのです。

「フィンダルムって、まさか、あの？」

「そうよ。虹の滝のところで、帰ってくるのをずっと待ってたの。そして、ようやく帰ってきたフィンダルムに頼んで、金色平原からのあなたの痕跡をたどってここまで来たのよ」

「そうだったんですか」

老人とミツバチを交互に見ながら、和也が納得したようにうなずきます。

「お久しぶりです、フィンダルム。セラにはお会いになりましたか？」

なつかしそうに手をさしのべながら、バジャルワックが問いかけました。

「いや、会っておらぬよ」

「昨日訪ねた時にはお留守だったとかで、もう一度訪ねてみるからと、今朝早くにまた出かけたんですが。では、どこかで行き違いになったんでしょうね」

「うむ。わしは家にたどり着く前に、このリーマにつかまってしまったのでな」

「フィンダルムったら、つかまっただなんて人聞きが悪いじゃない」

リーマが口をとがらせます。

「ははは、すまんすまん。とにかく、そういうわけで家にはもどらず、そのままここへ来てしまったのじゃよ」

「門を通ってこられたんですよね？」

「うむ、まあな。しかし、ここへは金色平原の門を通ってきたからのう。行き違ったとすればそのあたりじゃろうが。リーマ、おまえさんは途中で誰か見かけたかな？」

「いいえ、フィンダルム、誰も見かけなかったわよ」

「そうか。ならば、一度もどってみた方がよいじゃろうな。もしやすると、向こうで待っておるかもしれぬ。ところで、そこの少年、名は何と言ったかな？　わしを訪ねてくる途中だったそうじゃが」

灰色の瞳を和也に向けて、フィンダルムが言いました。

「杉野沢和也と言います。じつは、お願いがあって、どうしても、お目にかかりたかったんです」

「そうか。では、おまえさんも一緒においで。話はわしの家でゆっくりと聞かせてもらうことにしよう。バジャルワック、この子をあずかってもよいかな？」

「カズヤさえよければ私はかまいませんが。カズヤ、体はだいじょうぶですか？」

「ぼくならだいじょうぶです。お世話になりっぱなしで、申しわけありません」

「いいんですよ、そんなことは。でも、また来てくださいね。待ってますから」

和也の肩を軽くたたいて、バジャルワックが言いました。

「そうと決まれば、善は急げじゃ。すぐに出かける準備をしなさい」

そこで、あわただしく着替えをすませた和也は、フィンダルムとともに親切な花冠熊の住まいをあとにしたのです。

「ありがとう、バジャルワック。ほんとうにお世話になりました」

居心地のよいこぢんまりとした丸木の家の主に感謝の思いをこめて、和也は深々と頭をさげました。

「よしてくださいよ。これが最期の別れみたいなこと、言わないでください」

バジャルワックが、あわてたように手をふります。

「そうだ、カズヤ、この次はパンケーキを作りますからね。お茶を飲みながらゆっくりとまたいろいろな話をしましょう。だから今は、さようならは言いませんよ」

「そうですね」

和也も笑顔でうなずきます。

「ぼくもさようならは言いません。きっと、また、お目にかかれるでしょうからね」

「では、行くとしようか」

「はい」

歩き始めた和也の後ろから、バジャルワックの声が追いかけてきます。

「気をつけて！　あんまり無理をしちゃだめですよ」

ふり返ると、戸口で見送ってくれているバジャルワックの頭に、今度は薄青い色の花が輪になって咲いています。

「さびしいんだわ、きっと」

つぶやくようにぽつりと、リーマが言いました。

2

バジャルワックの住まいがある白樺の林を後にした一行は、二時間ほどで三日月湖と呼ばれる湖のほとりへとたどり着きました。楓や楢の木に囲まれた湖畔に、金色平原にあったのと同じような不思議な門があると言うのです。

月香草の効力のおかげか、すべて徒歩であるにもかかわらず、和也は打撲の痛みをほとんど感じることなく進むことができました。けれど、フィンダルムの歩みは老人とは思えないほど速く、その速度に合わせ続けることは、いかに若い和也でもかなり骨の折れることだったのです。

「待ってください、フィンダルム！」

生い茂った木々の枝を払いのけながら、湖の岸辺へと進むフィンダルムの後を、和也は懸命に追いかけました。それでも、スタスタと前を行くフィンダルムの足は、まるで地についていないかのように速いのです。

あえぎながら、やっとの思いで和也が追いついた時、門はすでにそこに姿をあらわしていました。けれど、それは和也が想像していたような、金色平原で見たあの太い蔓がからみあったような門とはまったく違ったものだったのです。

左右に立つすらりとのびた二本の若木が、びっしりと葉の茂った枝を重ね合わせて門を形作り、白くなめらかな木肌と耀く黄金の葉によってつくりだされたその美しい門は、ゆらめく空間の中にその姿を浮かびあがらせていました。

フィンダルムは、手に持った杖の頭の部分で目の前の門の形を三度なぞりました。なぞる度に、杖の先端が徐々に明るい緑の光に包まれていくのがわかります。それが終わると、今度は小さな声で歌うように呪文を唱えながら、門の中央に向かって杖の先端をさし出したのです。

杖から流れ出た淡い緑の光が門を形作っている白い二本の木を包むと、上方の枝がこきざみにふるえ始め、やがて、門の向こう側に一本の白い道があらわれたのです。

それをながめて満足そうにうなずくと、フィンダルムは門の向こう側へと足を踏みだしました。

「さ、私たちも行きましょう」

リーマにうながされ、和也も老人の後を追って門の向こう側へ。

ふたりと一匹が通り抜けた後、門は再びゆらめきながら宙に溶けこんでしまいました。

「あそこが、出口ですか？」

はるか先の方にゆらゆらとゆらめく門のような形を見つけて、和也がたずねます。

三日月湖のほとりで門を通りぬけてから、もうかれこれ一時間は歩いていました。

その不思議な浮遊感のある空間には、ひとすじ続く白い道の他には何もありません。

ただ、あたりを包む淡い緑の光があるばかりなのです。

「うむ。そうじゃな」

「虹の滝の門だわ！」

ふたりが同時に声をあげました。

とうとう着いたんだ！

遠まわりに遠まわりを重ねたあげく、やっとたどり着いた目的地です。

和也の口から、思わずほうっと大きなため息がもれました。

ゆらめく門を抜け出て、ごつごつした岩山の麓をぐるりとまわっていくと、やがて、

轟音をあげて流れ落ちる滝が一行を迎えました。

はるか上方から滝つぼへと垂直に落下する水が飛沫となって、あたり一面がうっすらと霧に包まれたように見えています。その薄い霧のベールの上に、美しいアーチ型の七色の虹がいくつも重なり合いながら浮かびあがっては消えていくのです。とても言葉では言い表せないほど、それは幻想的な美しさに満ちた光景でした。

「これが、虹の滝なんですね！」

水しぶきがかかるのも忘れて、和也はしばしその場に立ちつくしました。

「カズヤ、置いて行くわよ」

しびれを切らしたリーマが呼びかけます。

「あ、はい、今行きます」

もう一度幻想的なその光景を目に焼きつけてから、和也はフィンダルムの後を追いかけました。

滝の裏側へと続く岩場の道は、常に流れ落ちる水に洗われて滑りやすくなっていたため何度も足を滑らせては、フィンダルムに助けられたりリーマにはすっかりあきれられたりと、和也はまったくいいところがありません。

「あのぉ、フィンダルム、魔法でぱぱっとは行けないんですか？」

「何を情けないこと言ってるの、若いくせに！」

「かなり疲れたようじゃな。それ、もうひと息じゃ」

あきれられたりはげまされたりしながら、やがて滝の高さの中ほどにたどり着くと、流れ落ちる水のカーテンの裏側に、ぽっかりと口を開けた洞窟が一行を待ち受けていました。

わくわくするような冒険心とほんの少し頭をもたげた不安。けれど、不安はまたたく間にどこかへ消え去り、先へ進もうとする冒険心だけが残ります。

洞窟の中は思ったよりずっと明るく、ごつごつとした岩壁がほのかな光を帯びて足もとを照らしていました。

「どうして、岩が光っているんですか？」

「この岩はね、すべて水晶石なのよ。それに、洞窟の天井には小さなすき間がたくさんあって、そこから光がさしこむの。その光を、この水晶石が反射してるってわけ」

和也の肩にすいととまって、リーマが説明してくれます。

「なるほど、そういうことなのか」

しきりに感心しながらさらに奥へ進むと、突然、目の前に明るい空間が広がりました。

風にゆれる木々の葉が、降りそそぐ日の光を受けて虹色のきらめきを放っています。

「ここは……？」

ぼう然とあたりを見まわして、誰にともなく和也がたずねました。

まるで、水晶でできているかのような樹木に囲まれたそこは、小さな円形の広場のようでしたし、見あげる視線の先には、虹色の梢のはるか上方に澄んだ青空が丸く見えていました。

「虹の森って言われてるところだけど、それがどうかした？」

何を今さら、という口調でリーマが言います。

「でも、さっきの洞窟は？」

「前にも言ったでしょ。ここは魔力に満ちてるって。さっきの洞窟も、あの金色平原や三日月湖の門と同じようなものよ。少しばかり違うのは、誰でも間違いなくこの場所にたどり着けるってことかしらね」

「さぁて、着いたぞ」

フィンダルムが、和也に笑顔を向けます。

「ここが、わが家じゃよ」

郵 便 は が き

料金受取人払郵便

新宿局承認

7552

差出有効期間
2024年1月
31日まで
(切手不要)

1 6 0-8 7 9 1

1 4 1

東京都新宿区新宿1－10－1

(株)文芸社

愛読者カード係 行

お名前《ふりがな》		明治 大正 昭和 平成 年生 歳	
ご住所《ふりがな》	□□□-□□□□	性別 男・女	
お電話番号	(書籍ご注文の際に必要です)	ご職業	
E-mail			
ご購読雑誌(複数可)		ご購読新聞 新聞	

最近読んでおもしろかった本や今後、とりあげてほしいテーマをお教えください。

ご自分の研究成果や経験、お考え等を出版してみたいというお気持ちはありますか。

ある　　ない　　内容・テーマ(　　　　　　　　)

現在完成した作品をお持ちですか。

ある　　ない　　ジャンル・原稿量(　　　　　　　　)

書　名			
お買上 書　店	都道　　　市区 府県　　　郡	書店名	書店
		ご購入日	年　月　日

本書をどこでお知りになりましたか?

1.書店店頭　2.知人にすすめられて　3.インターネット(サイト名　　　)

4.DMハガキ　5.広告、記事を見て(新聞、雑誌名　　　)

上の質問に関連して、ご購入の決め手となったのは?

1.タイトル　2.著者　3.内容　4.カバーデザイン　5.帯

その他ご自由にお書きください。

(　　　)

本書についてのご意見、ご感想をお聞かせください。

①内容について

②カバー、タイトル、帯について

弊社Webサイトからもご意見、ご感想をお寄せいただけます。

ご協力ありがとうございました。

※お寄せいただいたご意見、ご感想は新聞広告等で匿名にて使わせていただくことがあります。

※お客様の個人情報は、小社からの連絡のみに使用します。社外に提供することは一切ありません。

円形広場の中央には三階建てほどの円柱状の石造りの塔があって、四角い二階建ての建物がそれに続いています。

「おやおや、グルッケンマイヤーさんだ」

ほうきを手に、戸口のあたりをせっせと掃除している人物を見て、和也が思わずつぶやきました。

「グルッケンマイヤーさんて、何だかワニそっくりに見えるような……」

そのつぶやきを聞きつけたリーマが、耳もとでこっそりささやきます。

「あのひとはコワニール族の出身なの。いい、忠告しておくけど、女のひとの前で容姿と年齢の話題は禁物よ。わかった？」

そうだった。

和也は思わず首をすくめました。年齢の話でリーマを怒らせたのは、つい昨日のことだったからです。

いけない、いけない。気をつけなくちゃ。

「お帰りなさいませ、フィンダルム様。予定よりかなり遅くなられたようですね。おやおや、お客様もご一緒なのですね？」

にこやかな笑みを顔一面に浮かべて、グルッケンマイヤーさんが迎えてくれました。

「こんにちは、グルッケンマイヤーさん」

さっそく、リーマがグルッケンマイヤーさんの鼻先にとまって挨拶をします。

「あら、リーマさん、ごきげんよう」

長いスカートの裾から出ている太い尻尾が、うれしそうに左右にゆれています。

ワニにしては、ちょっと鼻先が短いかも。

今度は用心して、心の中だけでつぶやきます。

「グルッケンマイヤーさん、この子はカズヤと言って、星の海の向こうからはるばるわしを訪ねてきたそうなんじゃ。ここに来るまでかなり遠まわりをしたようだから、少し休ませてやってくれないか。それから、もうひとり客が来ておるはずなんじゃが」

「いいえ、どなたも。昨日おいでになった方が、また明日出直してくるとおっしゃってお帰りになりましたけれど、まだお見えになっておりません。とにかく、みなさま、中へお入りになってくださいな。さ、どうぞ」

ワニそっくりな外見からは、まったく想像もつかないようなやさしい響きの声です。

「あ、ありがとうございます」

「カズヤ、何かたくなってるの？　緊張してるわけ？」

リーマが再び、耳もとでささやきました。

「べ、別に緊張なんて……」

「してる、してる。カチンカチンになってるわよ」

くすくす笑いながらすいと和也の肩から飛び立つと、リーマはもうさっさと家の中へ入っていきます。

「さあさあ、どうぞ」

戸をあけて待ってくれているグルッケンマイヤーさんに、ありがとうございます、ともう一度軽く頭をさげてから、和也は家の中へと入っていったのです。


「リーマと少し相談ごとがあるから、おまえさんはここでゆっくりしていなさい」

そう言い残して、フィンダルムとリーマがどこかへ姿を消した後、和也は居間の長椅子でひとりぼんやりとしていました。

「ラティスの実のシロップ漬けに金花蜜をそえたものですが、よろしかったら召しあがってみてくださいな。夕食までにはまだ間がありますし、それに、ラティスの実には疲れを早くとる効能がありますから」

香草茶と一緒にグルッケンマイヤーさんが持ってきてくれたそれは、バニラに似た甘い香を漂わせる、形も大きさも桃そっくりの果実でした。蜂蜜にくるまれた薄紫色のやわらかな果肉をスプーンですくって光に透かしてみると、それはまるで金色の残光に照らされた夕闇色の空のかけらのように見えました。

「きれいですね、これ。それに、とってもおいしいです」

「喜んでいただけてうれしいですわ。ごゆっくり召しあがってくださいね」

満面に笑みをたたえたグルッケンマイヤーさんが、滑るような動作で居間を出ていくのと入れ替わるようにして、今度はフィンダルムが姿を見せました。

「カズヤ、どうも困ったことになったようじゃ」

「どうしたんですか？　まさか、セラのことですか？」

「うむ。金色平原のあたりまで透視してさぐってみたのだが、どこにもそれらしい姿が見当たらぬのじゃよ。リーマが友人たちに頼んでくれておるようじゃから、あとはその報告待ちということになるが……」

「でも、昨日と同じ門を通ったのなら、同じ場所に出るんじゃないんですか？　それとも、その時その時で、出る場所が違ってくるんでしょうか？」

「いやいや、出口は同じ場所にあるのがふつうじゃよ。しかし」

「しかし、何ですか？」

「門と門を結ぶ空間はそれぞれにねじれゆがんでおり、しかも、それがいたるところで複雑に交わっておるのじゃよ。そのため、重なり合った部分のゆがみが徐々に大きくなり、やがて限界を超えた瞬間、そこに爆発的な力が加わってその場の空間が吹き飛ばされる」

「じゃあ、もしセラがその場に居合わせたとしたら？」

「この世界のどこかに飛ばされたか、それとも別の世界に飛ばされたか……」

「そんな！　だったら、すぐにさがしに行かないと」

「まあ、待ちなさい」

今にも駆け出しそうな和也の腕をつかまえて、フィンダルムが問いかけます。

「ところで、カズヤ、おまえさんの話というのは何だね？」

「そんなのんきな！　ぼくの話よりセラをさがす方が先でしょう。あなたが行かないとおっしゃるのなら、ぼくひとりでも行きます。あの人はぼくの命の恩人なんです。だから、ぼくにはさがす義務があるんです」

「なるほど。命の恩人をさがす義務、か」

落ち着かせるように和也の肩を軽くたたいて、フィンダルムが言葉を続けます。

「もちろん、さがしに行くとも。だがそれは、リーマの友人たちの報告を聞いてからでも決して遅くはない、とわしは思っておるよ。だから、待っている間に、おまえさんの話を聞いておきたいのじゃよ。もしかすると、セラフィリアンがわしを訪ねてきた理由と何らかの関連があるかもしれぬのでな」

フィンダルムのおだやかなまなざしにうながされて、和也は祖母から聞いた話を語りました。想いの谷が失われかけていること。すべてが失われてしまうのは、もう時間の問題であること。そして、谷を救うためにまず水晶洞の賢者を訪ねるように、と言われたことを。

フィンダルムは、和也が最後の言葉を語り終えるまでじっと耳をかたむけ、無言のまま目を閉じていました。


「そうか。想いの谷が……」

静かに目をあけると、フィンダルムは和也に視線を向けました。その柔和な灰色の瞳には世界の果てまでも見通すような、何か不思議な力が宿っているように見えました。

「今回は、少しばかり遠方へ出かけておったのじゃが、まさか留守の間にそのようなことになっていようとはな」

「谷を救うために、できることは何もないんでしょうか？　このまま、谷がなくなるのをただ黙って見ているしかないんですか？」

「まあまあ、そう結論を急いではいかん。これは少々やっかいな問題のようじゃ。それゆえ、あまりことを急ぐと、すべてが失われることになるやもしれぬのでな」

「どういう意味ですか？」

「つまり、これは想いの谷だけの問題ではなくこのリーフェンロイエン全体に、さらにはここから門でつながっておる妖精界や人界にまで関わってくる問題かもしれぬ、ということじゃよ」

「妖精界や人界にも関わる？」

「いかにも」

　フィンダルムが大きくうなずきます。

「想いの谷が消え始めているのは、何者かによって均衡を崩されているためだと思うのじゃ。それと言うのも、想いの谷は本来この世界に属する場所ではないからなのじゃよ」

　えっ、と驚く和也にもう一度うなずいてみせて、フィンダルムは言葉を続けました。

「そのため、存在自体がひどく不安定なのじゃ。死してなお、残した想いを伝えたいと願う者たちを憐れんだ時の女神が、リーフェンロイエンの中につくりだした、いわば期限つき仮住まいというわけじゃからな。しかも、その住人はみな別世界の者たちじゃ。それゆえこの世界と妖精界、人界とが微妙な均衡を保っているかぎりは存在できるが、少しでも均衡が崩れると失われてしまう。逆に言うと、この世界が不安定になれば妖精界や人界にもその影響がおよぶ、ということになるのじゃよ」

「あのぉ、フィンダルム、バジャルワックも人界という言葉を使っていましたが、その人界というのは、ぼくが住んでいる世界のことですか？」

和也の質問に、フィンダルムが首を横にふります。

「いやいや、おまえさんが住んでいるのは、こちらで言うところの、星の海の向こう側にある世界じゃ。このリーフェンロイエンとは夢を通してつながっておる。つまり、おまえさんの世界から見れば、こちらの世界はすべて夢の中の世界ということになるのじゃろうな。そして、想いの谷に住むことを許された人々は、そちらの世界から流れ星に運ばれてやって来る、と言われておるのじゃよ」

「そうすると、想いの谷に住んでいるのは、いわゆる、向こう側の世界の人たちだけなんですか？」

「ま、そういうことになるな。わしの言う人界、つまり、このリーフェンロイエンと重なり合ったこちら側の世界の者たちは、死ぬとその身は土に還るが魂は風になり、別れを告げたい相手のところへ自由に行くことができる。そして、想いを伝え終わると同時に記憶もすべて消え去り、魂の光の国ルシスロエリンへ飛翔していくのだと言われておるのじゃよ。ま、中にはニフルヘルへ墜ちていく者もおるが」

「リーフェンロイエンと重なり合ったこちら側の世界……風になる……」

フィンダルムの言葉をくりかえすように、和也がぼんやりとつぶやきます。

「さよう。このリーフェンロイエンは、アルフヘイムと呼ばれる妖精界、そしてミズカルズと呼ばれる人界と互いに重なり合いながら、微妙に異なる空間に存在しておるのじゃよ。しかも、それぞれに門を通って行き来することができる」

「では、妖精界と人界にはここと同じようにあちらこちらに門があって、お互いに行ったり来たりできるんですか?」

「いや、そうでもないのじゃ」

白いひげをなでながら、フィンダルムが言葉を続けます。

「妖精界と人界の境にある門は、かつてはすべて開放されており、妖精と人は互いに自由に行き来しておったのじゃ。だが、時がたつにつれて、人間は不老不死の一族に怖れをいだくようになった。そして、何かことがおこる度に、すべての災いのもとは妖精族にあるという噂がまことしやかに流れるようになり、妖精族は人間の憎悪の対象となったのじゃよ」

「そんな馬鹿な！」

「あるんじゃよ、そんな馬鹿なことが。まったくもって理不尽な話じゃがな。もちろん一部の人々は変わらず妖精族を敬愛し、友情もまた続いておったのじゃ。だが、その人々も悪しき存在として憎悪されるようになり、住んでおった土地を追われ、やがていずこかへ姿を消した。そこで、妖精族はついに人間に見切りをつけ、一か所を除いてすべての門を閉じたのじゃ。そして、このリーフェンロイエンにつながる門はと言えば、妖精界に数か所、人界に一か所あるきりなのじゃよ」

「その門を通ったら、この世界のどこに出るんですか？」

「それは」

和也の問いにフィンダルムがこたえかけた時、グルッケンマイヤーさんが滑るような動作で姿をあらわして告げたのです。

「お客様がいらっしゃいました」

「ユーリス！　ユーリス・アルリック！」

グルッケンマイヤーさんの背後から部屋に入ってきた人物を見て、珍しくもフィンダルムが驚きの声をあげます。

「お久しぶりです、おじい様」

にこやかな笑顔で、その人物は言いました。

和也と同じくらいの年齢でしょうか。肩にかかる癖のない黒髪と濃紺の瞳を持つその人物は、知的でいかにも思慮深そうな、整った顔だちの少年でした。若草色の地に濃い緑の蔦の葉をあしらったチュニックを着て、灰色のマントをまとい、腰には短めの剣をさげていました。

「お、おじい様？」

目を丸くして驚く和也に、フィンダルムが説明しようと口を開きます。

「カズヤ、これはわしの孫」

「のひ孫の息子で、ユーリス・アルリックと申します」

片手をさしだしながら、フィンダルムより先にユーリスが言いました。

「初めてお目にかかります」

「こ、こちらこそ、初めまして」

あわてて立ちあがると、和也も片手をさしだしました。

「ぼくは杉野沢和也です」

「スギノサワ?」

「あ、和也と呼んでください」

「わかりました、カズヤ。私のことはユーリスと呼んでください」

「は、はい。ええと、ユーリス、よろしくお願いします」

「こちらこそ、よろしく、カズヤ」

「あの、ユーリス、さっきフィンダルムの孫のひ孫の息子って言っていましたよね」

「はい。じつは、このフィンダルムは、私の父方の曽祖父の母方の祖父の父にあたる人なのですよ。それで、孫ではないのですがややこしいので、私はいつも単におじい様と呼んでいるのです」

相変わらずにこやかな笑顔のまま、何でもないことのように告げたユーリスですが、聞いていた和也の頭の中は、その図式を整理しようとしてひどく混乱することになったのです。

「まあ、みなさま、いつまでそんな風に立ったままでいらっしゃるんですか?」

グルッケンマイヤーさんの、いかにもあきれたと言わんばかりの口調に、

「それもそうじゃ」

「そうですね」

フィンダルムと孫のひ孫の息子だという少年は、仲良く顔を見合わせると、同時に笑いだしました。

さっきまでのピリピリするような緊張感とは大違いの、いかにも家族的な明るく和やかな雰囲気なのです。すっかりめんくらってしまったところで、同じような雰囲気を以前にも感じたことを、和也はふと思いだしました。

まるで、春の日だまりのような……。

不意にセラの笑顔が思いだされて、和也の心は重く沈みます。

「カズヤ、どうしたんですか？」

心配そうに顔をのぞきこむユーリスに、

「恩人のことを心配しておるのじゃよ」

打って変わった重々しい口調で、フィンダルムが言いました。

「アルスリンデンの者で、名はセラフィリアン。わしを訪ねてきたようなのじゃが、ちょうど留守にしておったのでな」

「アルスリンデン？　アルスリンデンにも、お知り合いがおられましたか！」

「なあに、わしほど長く生きておると、必然的に知り合いも多くなるのさ」

「なるほど」

「へえ」

ふたりで同時に納得の声をあげてから、ユーリスがおもむろに口を開いて、

「それで、おじい様は、そのアルスリンデンのセラフィリアンという方と、どういうお知り合いなのですか？」

「どういう知り合いといって、それはじゃな」

いつの間にか身を乗りだすようにして聞いている和也に気づいて、フィンダルムが思わず苦笑を浮かべました。

「セラフィリアンの母方に、わしの古い知り合いがおったのじゃ。その知り合いはずっと以前に亡くなったが、何かの時には力になってやってくれ、と頼まれておったのでな」

「そうだったんですか。少しも知りませんでした」

「なあに、知っている者など、今の世におりはせぬさ。知り合いのほとんどは、すでにこの世から旅立ってしまっておるからな。じつを言うと、わし自身、自分が生きて

おるのか死んでおるのか時々わからなくなるくらいなのじゃ」

　ははは、と笑ったフィンダルムが、すぐに真顔になって、

「おそらく、何か相談したいことがあったのだろうが、わしを訪ねてここへ来る途中で消息を絶ち、行方不明となったのじゃ。今、ミツバチのリーマが、あちらこちらの友人たちに情報提供を頼んでくれておるゆえ、間もなく何かわかると思うが」

「もしかしたら、エレンディルに関係があることかもしれません」

「エレンディル？　それは、アルトロティスに何か異変がおきたということかな？」

　フィンダルムの灰色の瞳が、まじまじと目の前の若々しい顔を見つめます。

「はい。じつは……」

　表情にかすかな憂いの色をにじませながら、ユーリスは話し始めました。

3

甘い香りを漂わせて、風がかたわらを駆けぬけていきます。

せせらぎは木立の向こうからやさしく語りかけ、精巧な銀細工を思わせてきらめく木々の葉は、ささやくような風にさえゆれて、惜しげもなく美しい調べをかなでています。

天空にかかる月は、ほぼ真上に位置していました。

こうこうとした輝きが周囲の星々を圧倒し、冴え冴えとした光は流れる銀糸となって大地に降りそそいでいます。

視線を足もとに向ければ、そこにはこんこんと湧き出す泉の水が、白銀の弦をかき鳴らすような澄んだ音色を響かせながら、いくつもの小さな流れとなって、その先のせせらぎへと向かっているのです。

さして大きくもない泉の中ほどには、淡い光を放つ月影がゆらゆらとゆらめいていました。

天の月の輝きを受けて、地上の月もまたしだいに光の強さを増していき、やがて、集束した光が飽和状態を越えてついに爆発すると、すべてはまばゆい光の海の中にのみこまれてしまいます。

目をあけていられないほどの白い輝き。それが不意に薄れると、そこは、もはや銀の森ではありませんでした。神殿らしい建物の奥深く、巨大な石柱の立ち並ぶ回廊がどこまでも続いているのです。

いかなる生命の気配も感じられない、不思議な空色の空間。

いつだったか、遠い昔に来たことがあるような……？

セラの心の中に、ふとそんな思いがめばえました。

静寂だけが支配するその空間で、明るい空色の光に包まれていると、心の奥底から何かが浮かびあがってきそうな気がします。

涙があふれそうなほどなつかしい想い。それが何なのかはわかりません。けれど、深い淵に沈んだ記憶の切れ端に、もう少しで手が届きそうに思えたのです。

やっぱり、見覚えがある……ここは……。

そう思ったのもつかの間、切れ切れの記憶は指先をすり抜け、再び深い淵の底へ。

呼び覚ますにはあまりにも遠くなってしまった記憶の断片を、セラは追いかけることもできずに立ちつくしました。

「これ、おまえさん、だいじょうぶかい？」

遠くの方で、誰かの声が聞こえます。

「どこか打ちどころでも悪かったかな？」

今度は別の声が言いました。

「そうかもしれないね。とにかく、家へ運ばないと。ここじゃ手当もできやしない」

その声と同時に、セラの体がふわりと宙に浮きます。

だれ？

うっすらとあけた目に映ったのは、ぼんやりとした影だけ。

「あなたは誰？」

セラは影に問いかけました。

けれど、その言葉は声にならず、ただわずかにくちびるが動いただけで、意識は再び深い霧に包まれてしまったのです。

どこかで、がちゃがちゃと皿のぶつかり合う音、ぐつぐつことことと何かが煮立つ音が聞こえ、鼻をくすぐる香辛料の匂いがふわっと漂ってきます。

ゆっくりと目をあけて、セラはあたりを見まわしました。

ここは……？

暖炉の火が赤々と燃えている部屋には、分厚い本や薄っぺらな本があたりかまわず散乱して、足のふみ場もないように見えます。そのうえ、部屋の隅には積み重ねられた本がいくつもの山になっているのです。

魔法使いか占術師の部屋なのか？

そう思った時、本の山の向こう側から、誰かがひょいと顔をのぞかせました。

ぼやけていた焦点が定まると、影のように見えていたそれが、徐々にはっきりとした姿になっていきます。

「おや、気がついたようだね。気分はどうだい？」

皺くちゃな顔の小柄な老婆が微笑みながら近づいてきました。やわらかそうな灰色の髪を頭のてっぺんでふっくらと丸く結いあげているのが、何とも言えず似合っています。

「あ、私は」

あわてて起きあがろうとした途端、頭の中で何かがくるくると回りだし、セラは思わず目を閉じました。

「そんなにあせって起きることはないよ。少しばかり頭を打ったようだから、用心した方がいい」

「頭を……打った？」

セラがつぶやきます。

「つまり、どこかで頭を打って倒れているところを、助けていただいたわけですか？」

「この谷の奥まった場所でね」

老婆が言いました。

「家の者が匂い草を集めていたら、突然谷全体が大きくゆらいだんだそうだ。そして、目の前の空間がぱっくり裂けたと思ったら、おまえさんが転がり落ちてきたと言っていたよ」

老婆の言葉を聞きながら、セラは急いで記憶をたどります。

あれは三日月湖の門から虹の滝へ抜ける途中だった。不意に、空間が大きくゆがんで膨らんだ。そして、それから……そうだ、爆発が起こったんだ。あまり突然のことだったから、逃げる間もなく爆発に巻きこまれてしまって、あの場所からここに飛ばされてきたというわけか。

推測はつくのですが、問題は、ここがどこなのかということなのです。

「迷夢の谷だよ。闇黒山脈の中ほどにある」

まるで、セラの心を読んだかのように、老婆が言いました。

「闇黒山脈……迷夢の谷……？」

「おや、知らないのかい？」

「はい、まったく」

セラが素直にうなずきます。

「勉強不足で申しわけありません。それで、ここから霧の山脈にある虹の滝まで、どれほど距離があるでしょうか？　それから、リシャールを、銀色のたてがみの白い馬をお見かけになりませんでしたか？」

「さあて、どれほどの距離かとたずねられてもねぇ」

老婆が首をかしげます。

「それは陸路かい？　それとも空路かい？　それによって大いに違うからねぇ。あ、それから、あの白馬はかわいそうなことをしたよ。おまえさんの馬だったのかい。とてもきれいな馬だったがねぇ」

「死んだ、のですか？」

恐るおそるたずねるセラに、老婆が笑って言いました。

「死んでなんかいないさ。前足と後ろ足を一本ずつ折っただけだ」

「では、リシャールは生きているのですね？　よかった！」

この二年間どこへ行くのも一緒だった愛馬は、セラにとってかけがえのない大切な友なのでした。

「けどねぇ、あれじゃ、当分歩けやしないよ」

「生きていてくれた。それだけで十分です」

光の神々よ、感謝いたします！

セラは心の中でそっと祈りをささげました。

「おや、もう起きあがってもいいのかい？」

戸口の方から不意に声が聞こえ、セラがそちらに視線を向けると、驚いたことに、目の前の老婆とそっくりなもうひとりの老婆が、スープ皿を盆にのせて立っていたのです。

「エリディア、まさか、無理に起こしたんじゃないだろうね」

「ま、何てことを言うんだい、ネルニード。私が、そんなことするわけないだろう」

「それならいいけどね。さ、スープを持ってきたよ。かのこ草にはしばみの実、とねりこの樹皮のみじん切りにサンザシの花の香の素、それからイバラのトゲの粉末も入っているからね、けがなんて、これを飲んだらすぐに治っちまうよ」

「あ、ありがとうございます」

スープ皿を手にしたまま、少しばかりためらったものの、見つめるふたりの視線に気づいて、セラは皿の中の液体をゆっくりと口に運びました。

「どうだい？　なかなかの味だろう？」

「え、ええ。なかなかの味だと思います」

「そうかい。よかった。その味がわかるようなら、もうだいじょうぶだね。背黒ガエルに黒腹トカゲが入ってないのが、ちょっとばかし残念だったけど、ま、いいことにしようよ」

ネルニードと呼ばれた老婆が、皺くちゃの顔をますます皺くちゃにして笑います。

カエルにトカゲ？　入っていなくてよかった……。

何とか笑みを浮かべながら、セラは内心ほっとしていました。

「ネルニード、アムリスが呼んでますよ」

戸口に姿を見せた花冠熊が、老婆のひとりに向かって言いました。

「あ、そのスープ皿は私がさげますから」

「悪いね、バルジャワック。じゃあ、あとは頼むよ」

「バジャルワック？」

「違いますよ」

ため息をつきながら、花冠熊が言いました。

「よく間違われるんですが、私はバルジャワックです。バジャルワックはいとこの名前ですよ」

「バジャルワックの……いとこ？」

あ然とするセラに、今度は花冠熊が笑顔で問いかけました。

「バジャルワックを知ってるんですか？　いやぁ、なつかしいなぁ。あいつ、元気にしてますか？　今どこにいるんです？」

「あ、ええ、元気だと思います。最後に会った時は元気でしたから。住んでいるのは、白霧の森に近い白樺の林です」

「へえ、そんなところに住んでるのかぁ。一度会いたいなぁ」

「彼も、きっと喜ぶと思いますよ」

「おやおや、この世界もけっこう狭いものだねぇ」

　エリディアが笑いながら言いました。

「ところで、まだ名前を聞いていなかったね。何て言うんだい？」

「私はセラフィリアンと申します。助けていただいたお礼も申しあげず、大変失礼いたしました。こうして命があるのは、みなさまに助けていただいたおかげです。リシャールともども、ありがとうございました」

「礼なんかいいんだよ。おまえさんを助けてきたのは、さっきのネルニードとこのバルジャワックなんだが、ま、知り合いの知り合いってことで、それも帳消しだね」

「知り合いじゃなくて、いとこですよ」

　バルジャワックが、すかさず訂正します。

「どっちにしても、たいした違いはないさ。それより、どうしてあんなことになったのか、話しておくれでないかい。ことによっては力になれるかもしれないからね」

　皺にうもれるようにして微笑む銀の瞳には、輝かしい英知の光が宿っていました。

「つまり、何者かが宝物庫に侵入し、エレンディルを奪い去ったというわけじゃな？」

むずかしい顔で腕組みをするフィンダルムに、ユーリスがうなずいて言葉を続けます。

「しかも、犯人は間違いなくルーン使いです」

「ルーン使い……そやつはエレンディルを奪って、何をするつもりなのか……？」

つぶやきながら考えに落ちかけたフィンダルムが、ふと思いついたように、

「ユーリス、エレンディルが奪われたのはいつのことじゃ？」

「私が国境の出城からもどったのが十日前で、その前日のことです。宝物庫の外扉の錠はかかっていたため、警備の者も気づいていませんでした。賊は外扉を警備の者が持つ鍵で開き、宝物庫の最奥にある地下室への二重扉を破壊して、エレンディルを盗みだしたのです」

「あの扉は守護のルーンによって二重に封印され守られておるゆえ、当代の国王と白の谷の長にしか開くことはできぬからな。もしそれ以外の者が無理に開こうとすれば、逆に光の網にからめとられるはずじゃ。だが、扉は破られていた。となれば、考えられるのはただひとつ。闇のルーン使いのしわざじゃ」

「闇のルーン使い、ですか？」

和也が不思議そうに問いかけます。

「ルーンというのは、魔法の呪文のこと。つまり、ルーン使いとは魔法使いのことなのじゃよ。しかも、それが闇のルーン使いとなると、モールダルにつかえる者か黒妖精の一族の者、ということになるが……」

「何度も申しわけありませんが、そのモールダルというのは？」

「モールダルは、闇の神族を崇める者たちの王国じゃ。闇の神々をたたえ、さらってきた娘たちを供物としてその神々にささげる。モールダルの王族の中には、闇の神族との婚姻によって魔力を強めた者も多くいたと聞く」

「神様と結婚するんですか？」

「まあ、結婚と言うより、契約をかわすと言った方がいいかもしれぬが」

苦笑まじりにフィンダルムが言うのへ、ユーリスが言葉を続けます。

「賊は扉を破壊して封印を破り、三人の女神像の間に張りめぐらされた結界さえも破ってエレンディルを持ち去っていました」

三人の女神像？

「時の女神ティメルドの娘たちですよ」

和也の心のつぶやきに、ユーリスがこたえてくれます。

「人間の生と死、そして運命を司る女神たちで、エリディア、ネルニード、アムリスと呼ばれています。伝説によれば、三人の女神の養い子が、エレンディルの本来の持ち主であるとか」

「今度は女神の養い子、ですか？」

「ええ、そうなんです。その養い子というのが」

「これこれ、ふたりとも、話がそれてしまっておるぞ」

「あ、申しわけありません。カズヤ、この話はまたの機会にしますね」

「それで、賊の侵入が判明したのはいつのことじゃ？」

「城にもどってすぐに、私が気づきました。宝物庫のあたりに闇の波動がかすかに残っていましたので、あわてて確認したところ、結界が破られエレンディルが消えていることがわかったのです。父上の指示で、すぐに城内をくまなくさがしたのですが、賊のものと思われる痕跡は何も見つかりませんでした。ただ」

「ただ、何じゃ？」

「事件の二日前に、吟遊詩人だという旅の者が城下の宿屋に泊まっていたようなのですが、宿の主人によれば、その者は宿帳にキリス・フェルスと記入し、アルスリンデンから来たのだと言っていたそうです」

「またしてもアルスリンデンか。それは興味深いな」

白いひげをなでながら、フィンダルムがつぶやくように言うのを聞いて、和也が誰にともなく問いかけました。

「アルスリンデンの出身っていえば、セラもそうでしたけど、まさか、何か関係あるんでしょうか？」

「うむ。おそらく、何らかの関係はあるじゃろうな」

かすかな笑みを浮かべて、フィンダルムが言いました。

「私がもう少し早くもどっていればよかったのですが……」

「いや、それが肝心かなめのことだったのかもしれぬぞ。そなたが不在だった、ということがな。そうでなければ、いくら結界を張って破壊音を封印したとしても、かすかな波動は感じられたはずじゃから、そなたならすぐに気づいたであろうよ。だが、闇のルーン使いが相手では、確実に多数の犠牲者が出たに違いないからな、考えようによっては、おまえさんが不在でよかったのじゃ」

「おじい様にそう言っていただけると、少しは気が楽になります」

ユーリスの顔にかすかな笑みが浮かびました。

「エレンディルは奪われたが、とりあえず死人もけが人も出なかったのじゃ。エレンディルは取りもどせるが、失われた命は二度ともどらぬからな」

フィンダルムが、ユーリスをなぐさめるように言いました。

「でも、そのエレンディルは、いったいどこへ持ち去られたんでしょうか?」

「それは、間違いなくここじゃな」

「ここ、ですか?」

和也が目を丸くして驚きます。

「そう。このリーフェンロイエンじゃ」

「どうして、そう断言できるんですか?」

「想いの谷じゃよ」

「想いの谷って、じゃあ、想いの谷がなくなりそうなのは、そのエレンディルが原因なんですか?」

「間違いないじゃろう。想いの谷の存在が突然ゆらぎだしたのは、外部から強い力が働いたとしか思えぬからな。このリーフェンロイエン自体、魔力に満ちた場所なのじゃ。そこへ、エレンディルのように魔力の強いものが持ちこまれれば、当然魔力と魔力がぶつかり合ってそこかしこにゆがみや亀裂が生じる。そのゆがみや亀裂が、ただでさえ不安定な想いの谷の存在を、いっそう危ういものにしているに違いない」

「では、おじい様は、エレンディルはすでにこのリーフェンロイエンにある、とおっしゃるのですか？　でも、どうやってここへ？」

ユーリスが驚きの声をあげます。

「それじゃよ」

フィンダルムは、考えをまとめようとするかのように口を閉ざしました。

「ユーリス、ここへ来るには、人界か妖精界のどちらかの門を通らなければいけないんですよね？」

「ええ、カズヤ、それしか方法はないはずです」

「セラフィリアン」

唐突に、フィンダルムがつぶやきました。

「えっ？」

「セラですか？」

ユーリスと和也が同時に声をあげます。

「カズヤ、セラフィリアンは、白霧の森で、おまえさんを助けたのじゃったな？」

「はい、そうです」

「では、セラフィリアンはどこの門を通ってきたのか、ということじゃが……」

「どういうことですか、おじい様？」

「セラフィリアンは、このリーフェンロイエンに来る時はいつも、妖精界にある門を使っていたはずじゃ。妖精界にある門はふたつ。ひとつはあの三日月湖の湖畔に出る門。バジャルワックのところからここへ来る時に通ったあの門のある方ではなく、湖をへだてた反対側に出る門じゃよ。そしてもうひとつは、ずっと北にある時忘れの森のはずれに出る門なのじゃ。だが、そのどちらも、虹の滝へ来るのに白霧の森を通る必要はない」

「じゃあ、セラは人界にある門を通ってきたんですか？」

「おそらくはそうじゃろう。いや、そうとしか思えぬ。人界にある門を通ってこちらへくると、白霧の森の西のはずれあたりに出るらしいからな」

「でも、どうして？」

「闇のルーン使いを追っていたのではないか、と思うのじゃよ。そやつがこちらの世界に入ろうとしていることに何かのきっかけで気づき、やつの後をつけてここまでやってきたが、ひとりではとても対応できないと判断した。そこで、わしに相談しようとこの虹の森をめざしたところ、とんだとばっちりを受けてどこかへ吹き飛ばされてしまったのじゃろうよ」

「フィンダルム、その人界の門ってどこにあるんですか？」

「アルスリンデンからリール山脈に分け入った奥の谷、アルキス渓谷とも霧の谷とも呼ばれる谷にその門はある。一年中霧にとざされたその谷には、かつて大地の女神ディネアを祀った神殿があったのじゃが」

「あったって、今はないんですか？」

「うむ。はるか遠い昔に人々に忘れ去られた古代の神の神殿でな、長い年月の間にこの地上から姿を消してしまったのじゃ。人界の門は、じつは、その神殿の最奥にあると言い伝えられておるのじゃよ」

「地上から姿を消したって、どういうことですか？　消えちゃったのなら、ルーン使いはどうやってその門を見つけることができたんでしょうか？」

　和也が首をかしげます。

「人々に忘れ去られた古代の神々は、空のかなたや大地の底で静かな眠りについた。人界にあった神殿の多くもまた、時代とともに廃墟となり、やがて崩れ去ってしまったのじゃよ。あるものは土にかえり、あるものは海の底や大地の底に沈んでしまった。かつては同じ大地にあった妖精界でさえもが、結界によってその存在が分かたれてしもうたのじゃからな。ところが、リーフェンロイエンに通じる門は時の女神ティメルドによってつくられたもののゆえ、廃墟と化した神殿の奥深くに封印されたまま、誰の目にも触れることなく長い年月が過ぎ去ってしまった、というわけじゃよ。まさか、今の世にそのことを知る者などあるまいと思うておったが……」

ひげをなでて考えこみながら、フィンダルムが言いました。

「それなら、闇のルーン使いはどうやって門のことを知ったのでしょう?」

「うむ。さっきから考えておったのじゃが、わしの記憶が確かならば、アルスリンデンの城には大地の神殿に関する古文書があったはずなのじゃよ」

「ユーリス、闇のルーン使いはアルスリンデンから来たって言ってましたよね?」

和也の言葉にうなずいて、ユーリスが口を開きました。

「ええ。私としては、単なるその場の思いつきで、宿屋の主人に話したのだとばかり思っていましたが、今のおじい様の話を聞くかぎり、どうもその点に関しては真実を告げていたようですね。宿の主人に、そんなことで嘘をつく必要などありませんから」

「どういうことですか?」

「ルーン使いは、ほんとうにアルスリンデンから来た者だということです。しかも、城内に何らかの関係のある者、だと思われます」

「わしもその考えに賛成じゃ。そやつは文書庫に出入りができる役職の者か、王家の誰かと親しい者、あるいは……王家の一族か……」

「あのぉ、質問してもいいですか？」

　和也の問いかけに、ユーリスが視線を向けて、

「何でしょう、カズヤ？」

「そのエレンディルというのは、いったいどういうものなんですか？　魔法の宝石なんだろう、とは思うんですが」

「エレンディルは、創世の光を内に宿すと言われる輝星石《きせいせき》のひとつです」

「ひとつってことは、輝星石はいくつもあるんですか？」

「はるか昔、この世には五つの輝星石があったそうです」

「五つの、輝星石ですか？」

「そうです。大地のエレンディル、水のラウレリン、風のエルマリル、炎のファイアール、そして光のアダマンティアの五つです。けれど、長い年月の間にそのほとんどが失われてしまって、今の世に残された輝星石のうちのひとつが、エレンディルなのです。もうひとつの輝星石であるラウレリンは、仙境の妖精王のもとにあります。人が人界からこのリーフェンロイエンに来るために、エレンディルはどうしても必要な、とても強い魔力を持つ宝石なのですが、同時に、主たる者以外が扱おうとした場合、どのような不測の事態がおきるかわからない、という非常に危険なものでもある

のですよ」

「主たる者、ですか？」

「そうです。エレンディルは、代々アルトロティスの王位継承者のみが受け継ぐものなのですが、エレンディルに主として選ばれないかぎり、たとえ王であってもその魔力を使うことはできないのです。もし無理に使おうとすれば、自らを破滅させるばかりか、周囲にまではかりしれないほどの被害をおよぼす可能性があるのです。時には、それがおじい様のように強い魔力を持つ者であってさえも、です」

「そんな危険なものを、いったい何に使うつもりなんだろう？」

和也のひとりごとに、ユーリスが、そうですよねと相づちを打ちます。

「しかも、このリーフェンロイエンで」

「問題は、そこじゃ」

「えっ？」

「どういうことですか、おじい様？」

「大地の神殿の扉は、たとえエレンディルを使わずとも、そやつほどの魔力があれば強引に開くことができたであろう。ただ、ここに来ることだけが目的なのであればな。しかしそやつにはどうしてもエレンディルが必要だった。だが、何のために……？」

ゆっくりと立ちあがり、フィンダルムは窓辺に歩み寄りました。

いつの間にか日は大きく西に傾き、虹色に輝いていた木々の葉が、今は沈む夕日を映して金赤色のきらめきを放っています。

「さてさて、そやつは今、どこにいるものやら……」

窓の外に視線を向けたまま、フィンダルムがつぶやいた時、金色の光がひとすじその肩に舞い降りて、

「見つけたわ！」

誇らしげに胸を張って、ミツバチのリーマが叫びました。

「見つけたって？　リーマ、セラを見つけたんですか？　セラは今、どこにいるんですか？　けがしたりはしてないんですか？」

「カズヤ、少し落ち着いて」

今にも駆けだしそうな和也の肩をつかんで、ユーリスが押しとどめます。

「まったく、その反応は何なのかしらね。私には平気で心配かけておいて、その人のことはそんなに心配するなんて」

どういうことだ、とリーマが怒ったように羽をふるわせます。

「まあまあ、君もそんなこと言わずに。みんな、君の知らせを待っていたのですから」

おだやかにとりなすユーリスにしぶしぶうなずいて、リーマは報告を始めました。

「じつは、友だちのラルフが、ラルフっていうのは耳長大コウモリなんだけど、今日のお昼頃に、灰色山脈と闇黒山脈がぶつかるあたりで古い友人に会ったんですって。それでね」

「リーマ、要点だけ言ってください！」

「今から言うとこよ。その友人が言うには、今朝早く、迷夢の谷で何ごとかあったらしいって」

「ほう、迷夢の谷で」

「そうなのよ。その迷夢の谷に昔から住んでる、岩なまずのおじいさんから聞いた話だそうだけど、谷全体が大きくゆれた直後に空間が裂けて、中から人が転がり落ちてきたんですって。そのおじいさん、歳はとってるけどまだまだ元気で、絶対に確かな話だそうよ。それって、間違いなく彼女でしょ？」

「迷夢の谷ってどこにあるんですか？」

「闇黒山脈の中ほどにある深い谷じゃよ。谷の奥には、闇の領域に行きそこねた怒りや憎悪、悪意などに満ちた夢が、さまざまな異形となって昼となく夜となくさまよっておるそうじゃ」

「だったら、一刻も早く助けに行かないと！　たったひとりでそんなところにいて、きっと心細い思いをしてますよ」

「いやいや、迷夢の谷ならだいじょうぶ。セラフィリアンは無事じゃよ」

またもやひげをなでながら、フィンダルムが微笑みます。

「どうして、無事だなんてことがわかるんですか？」

かみつきそうな勢いでたずねる和也に、

「迷夢の谷には、ちょっとした知り合いがおるのでな」

笑みを浮かべたまま、おだやかな口調でフィンダルムがこたえます。

「でも、その知り合いに助けられていなかったら？」

「だいじょうぶじゃよ、カズヤ。必ず助けられておる」

「どうして、そんなに確信できるんですか？」

「ちょっと、カズヤ！　あなた、フィンダルムのことが信じられないって言うの？」

「そんなこと、言ってませんよ。ただ」

「ただ、何？　フィンダルムがだいじょうぶだって言ってるんだから、その言葉を信じるべきでしょ。疑うより、まず信じるところから始めるべきだって。そして信じ続けること。むずかしいけれどそれが大切だって、あの感激屋も言ってたじゃない。

違う?」

　返す言葉もなく、恥ずかしそうにうつむく和也の肩を、フィンダルムがぽんと軽くたたきました。

「だいじょうぶ。セラフィリアンは、ちょっとやそっとのことで負けたりはせぬよ。それより、エレンディルの方が気になる。リーマ、他に何か情報はないのかね?」

「そう言えば、ラルフが、白霧の森近くの灰色山脈の尾根で、今まで見たことのない人間を見たって言ってたわ」

「いつのことじゃ?」

「確か、二日前の午後よ。で、そいつは黒いマントを着て、蛇の頭みたいなのがついた黒くて細長い杖を持っていたそうよ。気になったんで、近くまで行ってみようとしたらしいんだけど、何だかひどくいやな感じがして、結局近づけなかったんですって。それに、そいつが首からさげていた皮袋も、何だか変だったって言ってたわ。どうってうまく言えないけれど、とても怖いような、それでいてとてもなつかしいような、やさしさや輝かしさがひとつになったような、そんな感じだったたって」

「おじい様!」

　ユーリスが声をあげます。

「うむ」

大きくうなずいて、フィンダルムが言いました。

「リーマ、大助かりじゃよ。ありがとう。ユーリス、明日の早朝に出発じゃ」

「どこへ行くんですか？　ぼくも行きます」

和也が勢いこんで言いました。

「あら、私だって行くわよ」

先を争うように、リーマまでが身を乗りだしてきます。

「仲間はずれはごめんですからね」

「どうします、おじい様？」

困ったような顔で、ユーリスがフィンダルムに声をかけると、

「だめだと言っても、このふたりはついて来るじゃろうからな。まあ、足手まといだが連れて行くしかあるまいよ」

言って、フィンダルムがはははと笑いました。

第三章　新たな仲間たち

1

さっきまでちらついていた雪もやんで、どんよりと垂れこめた雲間から、青空が所どころに顔をのぞかせています。

セラが空間の爆発に巻きこまれ、迷夢の谷に飛ばされてから、丸一日が過ぎていました。

「じゃあ、気をつけて行くんだよ。まず虹の森に直行して、それから白樺の林へ寄る。バルジャワックがいとことなつかしい時間を過ごしてる間は、どこで遊んでいてもかまわないけれど、あまり遠くへは行かないように。おまえさんはすぐ羽目をはずすから、よぉーく言っておかないとね」

アムリスが、重々しい口調で釘をさします。

「はいはい、わかってるって。しつこい年寄りは、みんなにきらわれるよ」

深緑色の羽をつくろっていた大鷲が、にやりとしてアムリスにそう言うと、その大きな翼を左右に広げました。

「ありがとうございました。このご恩は生涯忘れません」

「そんなものはさっさと忘れてくれていいんだよ。それより、あんまり無理しちゃだめだからね」

「特製のスープが飲みたくなったら、いつでもおいで。グレイドール、頼んだよ。それから、バルジャワック、いとこには久しぶりに会うんだから、ゆっくりしてきていいからね。おや、エリディアはどこだい？」

ネルニードがあたりを見まわして言いました。

「そう言えば、さっきから姿が見えないねぇ。何してるんだろう？　あ、来た来た」

「遅くなってごめんよ。これを渡そうと思ってね」

ぱたぱたと走ってきた老婆が、手にした剣をセラにさしだしました。

渡された剣は、まるで羽根のように重さを感じさせないもので、柄に手をかけて静かに抜くと、見事な細工の施された銀青色の美しい鞘《さや》からきらめく刀身が姿をあらわしました。

「何て美しい……！」

「光の剣、ルシスフィアリスだよ」

「ルシスフィアリス。混沌から生まれた創世の星ですね」

「ああ。その名を冠したこの剣は、内に創始の光を宿すと言われている。私ら三人からの餞別《せんべつ》だよ」

「餞別だなんて！　そのように大切な剣を、私などが持つべきではありません。もっとふさわしい方がいらっしゃるはずです」

「おまえさん以上にふさわしい者が、今この世にいるとは思えないね」

「ですが」

「おまえさんに、持っていてほしいんだよ」

エリディアがにっこり笑って言いました。

「娘さん、先の短い年寄りの願いだ。ここで断ったりしたら、この先ずっと寝覚めが悪いだろうよ」

大鷲のグレイドールまでが、横合いから口をはさみます。

「わかりました。では、ふさわしい方が見つかるまで、おあずかりします」

「ふさわしいかどうかは、剣自身が決めてくれるさ」

「気をつけてお行き。友だちに無事再会できることを祈ってるよ」

「お世話になりました」

光の剣を背負うと、セラは三者三様の言葉で送りだしてくれる老婆たちに別れを告げたのです。

「さて、出かけるとするか」

バルジャワックとセラを背に乗せると、大鷲は深緑の翼をただの一度羽ばたかせただけで大空高く舞いあがりました。

「やれやれ、長生きはするもんだねぇ」

空のかなたに消え去る影を見送って、エリディアがうれしそうにつぶやくのを、他のふたりが聞きとがめます。

「不死の者が長生きってこともないだろう。それも、死を司る者が」

「まったくだねぇ」

ネルニードがにやりと笑って言いました。

「それは、限りある命を生きる者が使ってこその、意味のある言葉だろうよ」

「それじゃあ、おまえさんたちはうれしくないんだね？　転生したあの子に、やっと会うことができたってのに」

「そんなこと言ってやしないよ。まったく、からかいがないったら。私らがうれしくないわけないだろう？　何と言ったって、あの子は私らの養い子の伴侶で、娘同様の存在なんだからさ」

やれやれとばかりに肩をすくめたネルニードが、ふと思いだしたようにたずねます。

「そういやぁ、アムリス、おまえさんが想いの谷の誰かに頼まれたことって、いったい何だったんだい？」

「ああ、あれはたいしたことじゃないよ。花を一輪届けただけさね」

アムリスがにんまりとして言いました。

「それにしても、月の泉と空の神殿とはね」

つぶやくようにエリディアが言うと、

「おそらく、転生以前の記憶がもどりかけたんだろうけどさ。まったく、あの子がどうしてもと望むはずだよ」

「だから、ルシスフィアリスが鞘から抜けたのさ」

「ということは、あの子が目覚めるのもそう遠くはないってことだ」

「そうそう。この先の楽しみがふえたねぇ。ふふふ」

三人の老婆は何やらいわくありげに顔を見合わせると、もう一度、皺くちゃの笑顔を大鷲の消えたかなたの空に向けたのでした。

「ところで、ぼくたちはどこへ向かっているんですか？」

和也が、かたわらを歩くユーリスにたずねます。

再び虹の滝の門をくぐった一行は、不思議な空間に浮かぶ白い道を通っていました。

「私に聞かないでください。こちらの地理はよく知らないんですから」

「頼りないわねぇ、ふたりとも。もう少ししっかりしてちょうだい！　私たちは今、竜の湖をめざしているのよ！」

和也の肩の上で、リーマが叫びます。

「どうして竜の湖なんですか？」

「リーマの友だちの、ほれ、何と言ったかな？」

「ラルフよ。耳長大コウモリの」

「そう、そのラルフが言っておったじゃろう。白霧の森に近い灰色山脈の尾根であやしい人物を見かけたと。そこから最短で灰色山脈を抜けるには、竜の湖の方角に向かうのが一番なんじゃよ。ま、他にも理由はあるがな」

相変わらず年齢を無視した速さで歩いていたフィンダルムが、顔を前方に向けたまま言いました。

「ですが、あれほどのルーンの使い手ならば、空間移動はたやすいのでは？」

「いやいや、ユーリス、人界ならばいざ知らず、ここではそれほどたやすいことではないのじゃよ」

即座に、フィンダルムが首を横にふります。

「この世界自体に魔力が満ち満ちておるからな。魔法を使えば使うほど、その魔力は相殺され、弱められてしまうのじゃ」

「つまり、たとえ空間移動をしたとしても、着いた先が目的の場所であるとは限らないということですか？」

「そのとおりじゃよ」

「ということは、そいつは自分の足で山越えをしなくちゃならないのね？」

今度はユーリスの肩にとまりながら、リーマが声をはずませます。

「でも、ぼくたちと同じように門を使ったとしたら？」

心配そうな和也の問いかけに、

「それはないな」

フィンダルムが、歩く速度をゆるめてふり返りました。

「この世界の門は、大地の神殿の門と違ってエレンディルの存在で開くことはない」

「力の強い魔法使いなら、フィンダルムのように、門を呼び出すことができるんじゃないんですか？」

「白い魔法使いならばできるじゃろうが、闇の魔法使いでは無理じゃな。この世界は光の神々の領域で、門には光の封印がなされておる。したがって、闇の力を受け入れることはない。しかも、万にひとつ封印が破られた場合には、破壊されるのはその門だけではなく、そこにつながる空間すべてが壊されて白き道は消え去ることになる」

「じゃあ、闇の魔法使いには、この門は使えないんですね？」

「そういうことじゃよ。やつはすでに幻影の森に入っている頃じゃろう。このまま進んでいけば、われらは灰色山脈の東側の麓に出るはずなのじゃ。そこからぐるりと山裾をまわると、ちょうど幻影の森の東端とぶつかることになる」

「間に合えば、そのあたりで追いつけるわけですね。じゃあ、早く行きましょう」

「現金な人ねぇ」

駆けだす和也の後ろから、リーマがあきれたようにつぶやくと、

「追いかけて監視しておらねば、またどこぞへ落ちてしまうぞ」

フィンダルムが笑いながら言いました。

小学校、中学校の体育会でも走ったことのないほどの速さで、白い道を駆け抜ける和也のはるか前方に、やがて小さな光のゆらめきが見えてきました。

「出口が見えますよぉ！」

「そうじゃな」

うなずきながらも、フィンダルムはどこか腑に落ちないようすで足をとめます。

「どうかなさったのですか？」

たずねるユーリスに、首を横にふって見せると、

「いや、思い過ごしじゃろう。カズヤが首を長くして待っておるようじゃ。われらも急ぐとしようか」

ゆらめく小さな光は徐々に大きくなり、一行はついに出口にたどり着きました。けれど期待は見事に裏切られ、そこには予想外の光景が広がっていたのです。

「ここは……？」

出口が消え失せたあと、残された一行はぼう然とその場に立ちつくしました。

「やはり」

ため息まじりにつぶやいて、フィンダルムが一同を見まわします。

「おそらく、これはエレンディルの影響じゃ。予定どおりにはいかなんだが、やむを得ぬな。このまま先へ進むしかあるまいよ」

「進むしかないって……！」

和也が驚くのも無理はありません。そこは灰色山脈の東側ではありましたが目的の麓ではなく、風の吹きすさぶ山頂だったのですから。

どこまでも続く尾根伝いの道の両側には、地をはうような灰色の灌木が、はるか下の方まで生えているのが見えます。

「さ、カズヤ、行くぞ」

フィンダルムに先導され、和也が後に続きました。その肩には、リーマがしっかりとしがみついています。

「カズヤ、だいじょうぶですか？」

吹きつける突風のような風に今にも足もとをすくわれそうな和也を気づかって、ユーリスが背後から声をかけます。

「何とかだいじょうぶです。それにしても、防寒用の身支度が役に立ちましたね」

北へ向かうのだから、とグルッケンマイヤーさんが用意してくれた衣服や革靴は、とても軽くてあたたかいものでした。

「まさか、こんな所でトレッキングすることになるなんて思いもしませんでしたけど。リーマ、頭巾の内側に入ったらどうですか？」

「こっち側は風が当たらないから、だいじょうぶよ」

「尾根伝いにもう少し西に進んでから、麓をめざすとしよう」

先頭を行くフィンダルムの言葉を聞いて、はぁっとため息をつきながら進む和也の肩にしがみついていたリーマが、不意に叫んだのです。

「ねえ、あれは何？」

リーマの声に一同が天をふり仰ぐと、青空の中を黒っぽい影が飛んでいます。しかも、その影ははるか上空から、矢のような速さで一行をめざして迫ってくるように見えました。

「大鷲よ！　こっちに向かってくるわ！　どうするの？」

「どうするって言っても、ここじゃ逃げ場はないし……」

「おや、背中に誰か乗っているようですよ」

「おお、あれは」

天を仰いだフィンダルムが、笑みを浮かべて和也を見ました。

「ごらん。セラフィリアンじゃ」

あわてて見あげる和也の目に、流れるような美しい金色の髪が映ります。

「ほんとだ！　フィンダルムがおっしゃったとおり、無事だったたんですね」

ぐんぐん近づいてくる巨大な影に向かって、和也は大きく手をふりました。

「フィンダルム！」

深緑色の巨大な翼で風を巻き起こしながら、大鷲が地上に舞い降りると、セラは開口一番老魔法使いに呼びかけました。

「どうしてこのようなところへ？　それに、カズヤまで」

「それはこちらの台詞じゃよ」

こたえて、フィンダルムが背中の剣に目をとめます。

「ほう！　これはまた見事な……まさか、それは……？」

「迷夢の谷のおばあさんたちから渡されたのですが」

言いかけたセラの言葉は、和也の歓喜の声にさえぎられます。

「無事だったんですね！　行方不明になったと聞いて、心配していたんですよ」

「それは申しわけない。空間の爆発に巻きこまれてしまったようで、気がついたら、迷夢の谷の三人のおばあさんとこのバルジャワックに助けられていたんだ」

大鷲の背に乗ったままの人物をふり返って、セラが言います。

「えっ？　バジャルワック？」

和也が目をぱちくりさせて言いました。

「違いますよ！」

大鷲の背から滑り降りた花冠熊が、大きなため息をつきながら抗議します。

「違うんだ、カズヤ。彼はバルジャワック。バジャルワックのいとこだそうだ」

「ええっ！　あのバジャルワックの、いとこさんなんですか？」

「君も、バジャルワックの友だち？」

つぶらな瞳を和也に向けて、バルジャワックがたずねます。

「はい」

和也が大きくうなずいて言いました。

「バジャルワックにはすっかりお世話になってしまって。お礼の言いようもないくらいなんです」

「あいつらしいね。相変わらず世話好きなんだなぁ」

昔を思いだして、なつかしむような口調です。そのバルジャワックに、大鷲のグレイドールが声をかけました。

「バルジャワック、そのなつかしいいとこに、これから会いに行くんだろう？　こんなところでいつまでも立ち話をしてたら、夜になっちまうぞ。それから、娘さん、あんたはどうするね？」

「私はこの人たちと一緒に行きます。ここまで乗せてくれて、ありがとう」

「どういたしまして。娘さんのような美人なら、いつでも大歓迎だよ」

言ってから、グレイドールは照れくさそうに、翼の先でちょっと頭をかきました。

「あなた方は、これからどこへ向かうつもりなんですか？」

一同の顔を見まわして、バルジャワックがたずねます。

「尾根伝いにもう少し西へ行ってから山をおり、幻影の森に入るつもりなんじゃが」

フィンダルムがこたえると、

「だったら、グレイドール、この人たちを灰色山脈の向こう側へ降ろしてから、白樺の林へ向かうことにしようよ」

「そうだな」

花冠熊の言葉に、大鷲がうなずきます。

「このままここで別れたら、気になって昔話どころじゃなくなるものな」

「わしらは大助かりじゃが、おまえさんたちはほんとうに良いのかね？」

「なあに、乗りかかった舟だ。とはいえ、全員一度には、さすがのおれも運びきれないからなぁ。まずは、おじいさんと娘さん、それからバルジャワックのいとこのお友だちだな。その次に、バルジャワックともうひとりを乗せるってことでどうだい？」

グレイドールの提案は、もちろん、喜んで一同に受け入れられたのです。

灰色山脈の北側に広がる、緑深い大森林。幻影の森と呼ばれるその森のはずれに一同を降ろすと、大鷲グレイドールとバルジャワックは白樺の林をめざして去っていきました。

「さても、幸運な偶然がわれらの味方についてくれたようじゃが、この先はどうなるかわからぬぞ。みな、くれぐれも気をつけてな」

フィンダルムの言葉にうなずいて、一同はうっそうとした森の中へと足を踏みいれたのでした。


「ほんとうに、やつはこの森のどこかにいるのだろうか？」

周囲を見まわしながら、セラがつぶやきます。

「まず、間違いはないじゃろうな」

数歩先を歩いていたフィンダルムが、足をとめてふり返りました。

幻影の森に足を踏みいれてから、すでにかなりの時が過ぎています。入る者を拒むかのように、樹木は茂った枝々を低く垂らして行く手をさえぎり、下草は足にからみついて先へ行かせまいとするようです。

そのうえ、さまざまな幻影が一同を悩ませました。

深緑の木々の奥から不意にあらわれては一行の目の前を通り過ぎ、また緑の中へと消えていく、いかにも実体がありそうに見えるのにふれることのできない影の姿。

「私、いやだわ、こんな場所！」

和也の肩の上で、リーマが小さく羽をふるわせます。

「とっても心臓に悪いもの」

「ほんとうに」

うなずきながら、和也は思いだしていました。

『この森には、命の輝きを紡ぎだしたあとに残された想いや迷い、不安などがさまざまな幻影となってさまよっておる。中には、見る者の想いに同調して、心をゆさぶるようななつかしい姿をとるものがあるじゃろう。だが、たとえそんな姿を見かけても、決して追いかけてはならぬよ。幻に魅入られた者はやがて正気を失い、死にいたるまでずっと、この森をさまよい続けることになるからのう』

それは、森に入る直前、フィンダルムがみんなに言って聞かせた言葉でした。

幻を追いかけてはいけない。

心の中でつぶやいた和也の前に、突然、幻とは思えないほどはっきりとした姿があらわれたのです。深緑を背にくっきりと浮かびあがったそれは、ぼう然と見つめる和也の前を横切り、茂みの手前で足をとめると、にっこり笑いかけ手招きをしました。

以前と少しも変わらない、やさしさにあふれたなつかしい祖母の笑顔。

まるで催眠術にでもかかったように、和也の足はいつの間にか、幻の祖母の後を追っていました。

「おばあちゃん……！」

ふらふらと数歩ふみだした和也の腕を、ユーリスがすばやくつかみます。

「カズヤ、だめだ！」

「だって、あそこにおばあちゃんが」

「あれは幻だよ」

その声で、和也は自分を取りもどしました。

「ユーリス？　あれっ、ぼくは何を？」

「だいじょうぶか、カズヤ？」

セラも心配そうな顔で近づいてきます。途端に、和也は自分がしでかしたことを理解しました。

「すみません。あれほど注意されていたのに、ぼくときたら……」

「そんなことはない」

おだやかな口調でなぐさめるように、セラが言葉を続けました。

「大切に想っている人の姿が突然目の前にあらわれたら、どんな人でも、思わずわれを忘れてひきつけられてしまうだろう。きっと、カズヤと同じことをする」

「想いが強ければ強いほど、幻ははっきりとした姿形となってあらわれる。つまり、亡くなったおばあさんのことを、おまえさんはそれほど大切に想っていたという証拠じゃよ」

和也の肩をぽんとたたいて、フィンダルムがやさしく微笑みます。

「さあ、急ぐぞ。やつがめざしておるのは竜の湖に違いない。一刻も早く追いつかねば」

「えっ？　それって、さっきリーマが教えてくれた目的地ですよね？」

「そうじゃ」

「なあんだ」

和也の顔に笑みがもどります。

「ぼくはてっきりこの森の中でそいつと出くわすんだと思って、さっきから周囲のようすを観察していたんです」

「そんなこと言って、単にきょろきょろしてただけでしょ」

「リーマ、まぜっかえさないでくださいよ」

「なかなか良い取り合わせだな、ふたりは」

セラが笑いながら言うと、

「ええ、ほんとうに」

ユーリスも、同感とばかりにうなずきます。

「そう言えば、あなたには、まだきちんと名乗っていなかったようで申しわけない。私はセラフィリアン。アルスリンデンの者です」

「こちらこそ、自己紹介が遅れました。私はユーリス・アルリックと申します。故国はアルトロティスです」

「アルトロティス?」

「ええ。リール山脈の麓の小さな国です。あなたのことは、カズヤから聞いているんですよ。彼の命の恩人だとか」

「そんな! 命の恩人だなどと、カズヤはほんとうに大げさだな。馬の背に乗せただけなのに」

　苦笑を浮かべて、セラがこたえます。

「でも、そのおかげでカズヤは命拾いをしたわけでしょう？」

「まあ、そうなるのかな」

　ふたりが自分のことを話題にしているとも知らず、和也はその時、フィンダルムにさらなる質問をあびせかけている最中でした。

「でも、フィンダルム、そいつは何のために竜の湖をめざしてるんですか？」

「じつに素朴な質問じゃな」

　並んで歩きながら、今度はフィンダルムが和也に問いかけます。

「竜の湖という名前の由来を、おまえさんは何だと思うかね？」

「まさか、そこに竜が棲んでるから、なんてことはありませんよね？」

「じつは、そのとおりなんじゃ」

　完全に肩すかしをくった感じで、和也は後の言葉を失います。

「フィンダルム、あんまりカズヤをからかっちゃだめよ」

　リーマの抗議にこたえて、フィンダルムが言葉を続けました。

「いや、からかうつもりなどないよ、リーマ。もちろん、湖にはそこに生息する湖水竜がいるんじゃが、それだけではない。湖の中央に島があり、そこには水晶でできたふたつの山がある。山と山の間には月影谷という谷があって、そこにはこれから生まれる卵と幼い子どもたち、そしてその世話をする何頭かのドラゴンがいる、と言われておるのじゃよ」

「まるで、保育園みたいですね。でも、そのドラゴンの保育園とそいつの目的とは、どう関係するんですか？」

「おそらく、そやつの最終目的地は北の果てにそびえる銀嶺山脈の麓。そこにあると言われる夢幻の谷じゃろう」

言いながら、フィンダルムが足をとめました。

「竜の湖から向こうがどうなっておるのか、正直なところ、わしもよくは知らんのじゃよ。そこにあるのは、広大な湿原かもしれぬし、緑なす大草原かもしれぬ。あるいは、そそり立つ峰の連なる大山脈か、はたまたこの森以上に深い緑の森か」

「でも、透視をすれば見えるのでは？　セラをさがす時には透視をなさったじゃないですか」

「あの時もやはり、竜の湖あたりまでしか見ることはできなんだ。その先になると、一面に霧がたちこめたようで、何もかもがぼんやりとしてしまうのじゃよ。ただ、ひとつだけ言えることは、銀嶺山脈まで自分の足で歩いて行くとしたら、十日やそこいらでたどり着けるようななまやさしい距離ではなかろう、ということじゃ。おそらく、何か月もかかるじゃろうな」

「つまり、ドラゴンだったらその距離をいっきに縮めることができる、というわけなのですね」

後から来ていたユーリスが、なるほど、とうなずきます。

「でも、どうやってドラゴンをつかまえるつもりなんでしょう？」

「それも、素朴な質問じゃな」

再び歩き始めたフィンダルムを追って、和也の足は自然と小走りになりました。

「おそらく、やつは卵を盗む気なのじゃ。魔力を持つドラゴンと渡り合えば、目的を達せずに自分が死ぬ可能性もある。確実にドラゴンを服従させるには、子どもを使うのが一番手っ取り早い方法じゃからな。しかも、それが卵となれば、なお扱いやすい」

「子どもを人質にとって自分の思いどおりにしようなんて、そんなひきょうなこと！」

「ひきょうなどという言葉は、闇の者の辞書にはなかろうよ」

「絶対に許せません！」

「そう。許せることではないな」

静かな中に怒りをこめた口調で、フィンダルムが言いました。

2

湖をめざす一行は、うっそうと茂る巨木の間をぬうように進みました。

森は音もなく静まり返って、まるで大緑海の底を歩いているような錯覚さえ覚えます。

あらわれては消える幻影にも何とか慣れ、それを無視できるようになった頃、樹木の向こうに青い色が見えました。

「湖だわ！」

和也の肩からふわりと飛び立って、リーマが叫びます。

「ほんとうだ！　湖ですよ、みんな！」

木立の間を抜けると、目の前に、満々と水をたたえた海のような湖が広がっていました。

「相当に大きな湖ですね、これは」

向こう側のまったく見えない湖畔に立って、ユーリスがのんびりと感想をもらします。

「フィンダルム、あれが例の島ですよね？」

遠くこんもりと緑のかたまりのように見える島が、青い湖水に浮かんでいます。その中央には二本の角にも似たふたつの山が、日の光をあびて虹色に輝いていました。

「そうじゃな」

和也にこたえながら、湖の上をじっと見つめていたフィンダルムが、不意にユーリスを呼びました。

「ユーリス、あれが見えるかな？」

その声に、和也もフィンダルムの指さす方に目を向けます。

不思議なことに、からりと晴れわたった島の右側とは対照的に、フィンダルムが指さす左側の水面にはもやがたちこめ、岸から島までの間をすっぽりとおおっているのです。

「もやで何も見えませんよ、フィンダルム」

和也はあっさりあきらめてしまいますが、ユーリスの方は、

「おや、湖水竜が浮上して泳いでいるようですね。しかも、誰か背中に乗っているように見えますすよ」

「えっ？」

セラと和也が、同時にその方角に目をやります。

けれど、湖水の表面を漂うもやに視界をさえぎられ、ふたりには何も見えません。

「どこにいるんですか、その竜は？　ぼくには何も見えませんよ」

「ほら、あそこに。この指先をたどって見てください」

言われて、和也はユーリスの指先から湖水の上へと視線を走らせたのです。

和也の視線の先で白いもやがゆっくりと晴れていき、やがて——

「あっ、見えた！　見えましたよ！」

和也が叫びました。

銀青色の竜の長い首と背中が水面を滑るように動いて、中央の島へ向かっているようです。しかも、その背には黒っぽい人影らしき姿が。

「あなたも魔法使いなのか？」

セラがたずねました。

「少しばかり心得があるだけですよ」

気の重そうな表情でこたえるユーリス。

「魔法を使う者など信用できない、という人間が多いですからね。他国では、できるだけ人前で使わないように気をつけています。余計な騒ぎを起こしたくありませんから」

「自分の理解をこえるものはすべて否定し、排除しようとする。そういう者はどこにでもいるものだ。だが、そうでない者もいる、ということを忘れないでほしいな」

言って、セラがユーリスに笑顔を向けました。

「まったくじゃ」

大きくうなずいて、フィンダルムが言葉を続けます。

「世の中には、自分の価値観からずれているものはすべて悪しきもの、と考えるやからがごまんとおるからのう。まったく、なげかわしきことじゃよ。だが、その件は後回しにするとして、ほれ、われらを運んでくれる友人が来たぞ」

その途端、一行は巨大な影にすっぽりとおおわれてしまったのです。


「な、なんだ？」

驚いて上を向いた和也の視線の先にいたのは、大鷲グレイドールよりもさらに巨大な翼を持つものでした。

「ドラゴン……！」

ユーリスが目を丸くしてつぶやきました。

「まさしく、本物だ！」

セラも感嘆の表情で見あげています。

「あっ、ラルフだわ！」

巨大な影の隣に小さな影を認めて、リーマが手をふりました。

「ラルフ、こっちよ！」

その小さな影は、長い耳をひらひらさせながら、ふわふわと舞い降りてきました。

「耳長大コウモリが出会った古い友人というのは、ドラゴンだったんですね？」

ユーリスが、少しばかり非難をこめてフィンダルムを見ました。

「えぇっ！　だったら、もっと早く来てもらえばよかったじゃないですか！」

さんざん歩かされて足が棒のようになった和也が、思わずぐちを言うと、

「いや、そんなことをすれば、敵にわれらの存在を知らせるようなものじゃ。できることなら、ぎりぎりまでこちらの存在を気づかせたくなかったのでな。ラルフにそう頼んでおいたんじゃよ」

言われてみればもっともなことなので、和也はあわててあやまりました。

「すみません。また考えのないことを言ってしまって」

「カズヤったら、全然進歩がないわねぇ」

またしても、リーマがあきれたように言い放ちます。

「考えるまでもなく、常識よ」

フィンダルムは笑いをかみ殺し、セラとユーリスは声を殺して笑っています。

もう、かっこう悪いなぁ。

三人の視線から顔をそらすようにして、和也はリーマをちらりとにらみました。


ラルフの友人だというドラゴンは、白銀の背に四人を乗せると、耀く翼で風を巻き起こしながら湖水の岸辺を後にしました。

ラルフと一緒に湖畔で待つことになったリーマは、去っていく友人たちの無事を祈りながら見送ったのですが、どうにも落ち着かないようすです。

「ラルフ、彼、ほんとうにだいじょうぶかしらね？」

さして長くもない時間をじりじりと過ごしながら、リーマが何度目かの質問をしました。

「だいじょうぶさ。心配ないよ」

大コウモリのラルフは、のんびりとした口調で何度目かの返事をして、さらに言葉を続けました。

「ドラゴンって怖そうに見えるだけで、ほんとうはとってもやさしい生きものなんだ。中でも、あのディルウィンは、特に思いやりがあって親切なんだから、だいじょうぶだよ」

「違うわ、ラルフ！」

湖畔に茂る背の高い草の上で、リーマがため息をつきます。

「私が心配してるのは、ディルウィンのことじゃないの。あの危なっかしくて見てられない、カズヤのことなのよ」

「なあんだ、そうなのか」

すぐ上の木の枝からぶらさがったまま、耳長大コウモリのラルフが言いました。

「そんなに心配なら、これから追いかけようか？」

その言葉に、リーマは少しの間考えこんでいましたが、やがて思い切ったように口を開いたのです。

「お願いするわ！」

ドラゴンのディルウィンは、巨大な翼をグライダーのように広げ、水面すれすれの超低空飛行で島をめざしていました。

できるだけ低く飛んでほしいというのが、フィンダルムの希望だったからです。

(この程度で、どうかな?)

突然頭の中で響いた声が、和也を驚かせました。

その声は、どうやら和也だけでなく、みんなの頭の中でも響いたらしく、

「ありがとう。十分過ぎるくらいじゃよ。だが、こんなに低く飛んで、あんたの翼はだいじょうぶなのかな?」

フィンダルムが気づかいます。

(なあに、少々濡れても、ここは淡水だから問題はない)

「ならば良いのじゃが。あまり無理をして何かあったら、頼んでくれたラルフに申しわけがたたぬからのう」

(お気づかい感謝する。だが、心配無用だ)

声なき声が静かに響きます。

ほんとうなら、滅多にないこの貴重な体験を、もっと楽しむべきなのでしょうが、
ドラゴンの飛行速度は和也の想像をはるかにこえていて、残念ながら、とても楽しむ

どころではありませんでした。

「島の右手の方へ回りこんでくれぬか。やつが上陸した場所とは反対の側に降りてほしいのじゃ」

前方の緑の島に視線を向けたまま、フィンダルムが言います。

さえぎるもののないドラゴンの背では、吹きつける向かい風が声を消し去ります。

けれど、ディルウィンにはちゃんと聞こえているようでした。

（わかった。あの黒い魔法使いとは反対側の岸に降りるのだな？）

再び、声が頭の中に直接響いてきます。

この声は……？

「これは心話じゃよ。ドラゴン同士でも、遠方にいる時には心話で会話するらしい」

心の中で思ったことに、フィンダルムがこたえてくれます。

「フィンダルム、あいつは、もう谷へ向かっているんですよね？」

「うむ、おそらくな」

岸辺に近い木々の枝をざわつかせながら、ディルウィンは島に舞い降りました。

「思ったより、ずっと大きな島だ」

「湖水に浮かぶ島だから、と軽く考えていましたが、予想に反して相当に広いですね」

セラとユーリスが、あたりを見まわしながら感想を述べ合います。

「あっ、あそこに！」

こんもりと茂った森の上にそそり立つ角を見つけて、和也が叫びました。

「ここからだと、ひとつしか見えませんね」

（今見えているのは、北側にあるウルラス山だ。そして、南側にエドラール山がある）

頭の中で、またもやディルウィンの声が響きました。

（もし月影谷へ行くつもりなら、ウルラス山の麓に谷への隧道《ずいどう》がある。何なら、そこまで乗せて行ってもよいが）

「それはありがたい。ぜひお願いする」

（その前に、ひとつ聞いておきたいのだが、いったい、あなた方はここで何をするつもりなのだ？）

ディルウィンの声なき声が静かに響きます。

（友人のラルフの頼みだから、あなた方をここまで連れてきたが、ことと次第によってはこれ以上先へ行かせるわけにはいかない。ラルフの友人を疑いたくはないのだが）

それは、とフィンダルムが口を開くより先に、和也が数歩前に出て、ドラゴンと向かい合うように立ちました。

「ぼくたちは、あの黒い魔法使いが盗んだものを取り返すためにここまで来たんです」

まっすぐにドラゴンを見あげて、和也が言います。

「それを取り返さないと、想いの谷が消えてしまうんです。それに、あいつはあなたたちの卵を盗んで、あなたたちを自分の思いどおりにしようとしているんです。たぶん、銀嶺山脈へ向かうために」

言い終えるのとほぼ同時に、ディルウィンの顔が和也のすぐ目の前に迫ってきました。銀色がかった紫の瞳が、心の奥底まで見透かすように、和也の瞳をのぞきこみます。

ごくり。

緊張のあまり、思わず喉が鳴ります。

ふるえる足が後ろへさがりそうになるのを何とか踏みとどめて、和也は待ちました。

やがて、ディルウィンはゆっくりと頭をあげると、再び一行を見おろして言いました。

（その少年の瞳は嘘をついてはいない。あなた方を信じよう）

よかったぁ！

ほっとして、その場に座りこみそうになる和也を、ユーリスが横から支えてくれます。

「だいじょうぶですか？　よく頑張りましたね」

「やったな、カズヤ」

セラがぽんと肩をたたきます。

「ありがとうございます、ディルウィン！」

うれしさのあまり、つい目の前の巨大な生きものに飛びつきかけて、和也ははっとしました。ドラゴンの機嫌をそこねたら、リーマの時以上に大変なことになるのでは、と思ったのです。

（そんな心配は無用だ）

さっきまでとは違った、ディルウィンの笑いを含んだ声が頭の中で響きました。


ディルウィンの協力で、上から見ると緑のじゅうたんのような森を一気に越え、四人はまたたく間にウルラス山の麓に降り立ちました。

虹色のきらめきを放つ山の麓には、樹木に半ば隠れるようにして、人の背丈より少し大きいくらいの隧道の入り口がありました。

（あれだ。私には無理だが、あなたたちなら通ることができるだろう。入り口を入ってまっすぐに進めば、麓をまわるより早く谷に着くことができるはずだ。私はここで待っていよう。谷は男子禁制なのでな）

「男子禁制なんて、ぼくたちは行ってもだいじょうぶなんでしょうか？」

（それはドラゴンのみに課せられているものであって、人には関わりないことだ）

「よかった」

ほっと胸をなでおろすと、和也は感謝の思いをこめてディルウィンを見あげました。

「ありがとうございました」

（気をつけて行くがいい）

声なき声に送られて、四人は隧道に入ったのです。

水晶洞とは違い、隧道の中は暗くぬるぬるして滑りやすくなっていました。

「少しばかり灯りをともすとしようか」

手にした杖を頭上にかかげると、フィンダルムは口の中で小さく呪文を唱えます。

かすかな緑の光があらわれ、呪文に合わせるように杖の上で踊りだしたかと思うと、
それは徐々にあたりをやわらかく包みこむような光となって、四人の周囲を照らし始

めました。

「これでよいじゃろう。さ、先を急ぐぞ」

再び飛ぶような速さで歩き始めたフィンダルムの後を追って、若者たちも足早に歩きだしました。

体育の時間よりこっちの方が、断然すごい運動量だよ、まったく。

心の中でつぶやく和也に、数歩前を行くユーリスとセラが、笑いを含んだ視線をちらりと投げかけます。

周囲を照らしてくれる灯りのおかげで何とか転ぶこともなく、三人にそれほど遅れることもなく、和也は無事に隧道を抜けることができたのです。

その出口から一歩足を踏みだした四人の前には、まるで別世界のような景色が広がっていました。

広々とした谷全体が、薄緑色のやわらかな草と色とりどりの花におおいつくされていました。谷の中ほどには小さな泉があり、こんこんと湧きだす水はいくつもの細い銀糸に姿を変えて、きらきらときらめきながら緑の原をぬうように流れていました。

谷を渡る風は緑の草原をやさしくなでながら、さわさわという涼やかな音だけを残して過ぎていき、谷を彩る花々もまた、風にゆれつつ誇らしげに競い合い、緑の中に色あざやかな姿を浮かびあがらせているのです。

誰もが声もなく、彫像のようにその場に立ちつくしました。

「ほんとうに、美しいところですね！」

最初に口を開いたのはユーリスでした。

「ドラゴンの子どもって、こんなにすばらしいところで育つんですね」

和也が感想を述べると、

「うらやましそうだな、カズヤは」

くすくす笑いながら、セラがからかうように言います。

「べ、べつにそういうわけじゃ。ただ」

「ただ、何です？」

「ユーリスまでからかうんですか？　ぼくはただ、こんな美しい場所で育った子どもはきっと、やさしくて思いやりのあるおとなになるんだろうな、と思っただけですよ」

それなのに、あいつは……。

闇のルーン使いのことを思いだすと、むらむらと怒りがこみあげてきます。

「そうじゃな。同じ人間として、恥ずかしいかぎりじゃ」

和也の心の声に、フィンダルムがこたえました。

「ドラゴンの卵は、この谷のどこにあるんでしょうか？」

「ディルウィンによれば、草原の表面はどこも同じように平らに見えるが、あちらこちらにくぼみがあるらしい。そのくぼみのどこかに、草にくるむようにして卵は置かれているそうだ。今の時間、世話係のドラゴンたちは、山頂で子どもたちに飛行訓練をさせている。したがって、卵はまったくの無防備状態のはずじゃ」

「だったら、急がないと」

「手分けしてさがしましょう」

「現在、卵は二個だけじゃ」

「わかりました。私はこちらへ」

「ぼくはそっちへ行きます」

「では、わしはこの方角をさがすとしよう」

それぞれの方向をめざして草原の中を進んでいった四人は、しばらくの間それぞれに卵さがしをしていたのですが、やがて、

「ありました！」

谷の南寄りのくぼ地に目的のものを見つけて、和也が叫びました。

「ちゃんと、二個ありまぁーす！」

「よかった！」

「何とか間に合ったな」

フィンダルムとセラが、それぞれにほっと胸をなでおろしたその時、和也の背後で黒い影が動いたのです。

「カズヤ、後だ！」

セラが叫びました。

「えっ？」

あわててふり向いた途端、みぞおちにはげしい痛みを感じて、和也はそのまま意識を失ってしまいました。


「和也、起きる時間だよ」

部屋のカーテンをさっとあけて、祖母が笑っています。

おばあちゃん？　あれっ？　ぼくは今、何をしてたんだっけ？

何だか、頭の中がひどく混乱しているようです。直前の自分の行動がすぐには思いだせないうえ、胃のあたりにかなりの痛みを感じるのです。

何だってこんな痛みが……？

笑顔の祖母に微笑みかけながら、和也はゆっくりと身を起こしました。

「だいじょうぶですか？」

濃紺の瞳が、心配そうに見つめています。

「ユ……リス？」

おかしいな。今、おばあちゃんがいたはずなのに。

ぼんやりとした記憶の中で、祖母の顔はいつしかセラの顔へと変わっていきます。

「あ、そうだ！」

記憶の海の底から、不意に一場面がよみがえります。

「卵、卵は？」

「一個は無事だが、もう一個は……」

くやしそうに、セラが言います。

「盗まれたんですね？　やつはどこに？」

「わからない。あいつは賭けにでた。空間移動を試みたんだ。フィンダルムが闇の波動を追跡中なのだが」

見れば、卵のあった場所に立って、フィンダルムが何やら空中に文字を描いています。

「ルーン文字だ」

ユーリスが言いました。

空中に描かれた文字は、金色の炎となってめらめらと燃えあがり、やがて、何頭もの猟犬の姿になったかと思うと、何ものかを追って風のように翔けていきました。

「追跡開始じゃ」


同じ頃、ミツバチのリーマは、ラルフとともに島の東側に到着していました。

「谷はあそこね」

緑の森の向こうにそびえるふたつの角の間をさして、リーマが言いました。

「やれやれ、もうひと息だ」

「ごめんなさい、ラルフ。無理を言って連れてきてもらって」

「いいんだよ。カズヤのことが心配なんだろう？　それに、ぼくもみんなのことが気になってるんだ」

「卵は無事かしら？」

「たぶん、だいじょうぶだと思うけど」

密生した緑の木々の上を、耳長大コウモリは音もなく滑空していきました。

虹色に輝く二本の角はもう目の前です。

不意に、リーマが叫びました。

「ラルフ、あれ！」

まがまがしい闇色の軌跡を描きながら、何かがこっちへやって来ます。

「おっと危ない！」

あわててよけたラルフの長い耳をかすめて、その何かはまっすぐに東へ向かっていきました。

「何なの、あれ？」

リーマが、ぶるっと体をふるわせます。

「すごぉーくいやな感じがしたわ」

「また、何か来る！」

「えっ？」

先ほどの闇色の軌跡を追っているのか、金色に光る何頭もの猟犬が、すごい速さで谷の方から飛んでくるのが見えます。

「ぶつかる！」

リーマとラルフは、思わず目を閉じました。

けれど、いつまでたっても何の衝撃も感じません。恐るおそる目をあけてみると、目の前の空間には猟犬の姿などどこにもなく、ただ、光が描いた軌跡の名残りがきらきらときらめきながら、はるか東の山脈へ向かって続いているように見えるだけでした。

「何だったの、今のは？」

「わからない。とにかく谷へ行ってみよう」

谷をめざして降下を始めたふたりと、ウルラス山の麓から上昇してきたドラゴンが、空中でばったり出会います。

「ディルウィン！」

「ラルフじゃないか！」

空中で制止したディルウィンの背には、セラと和也が乗っていました。

「リーマ、どうしてここへ？」

「カズヤ！」

大コウモリの背からふわりと飛び立って、リーマは和也の肩へと舞い降ります。

「今、変な光が私たちにぶつかったの」

「光の猟犬だ！」

「光の猟犬？」

リーマが、オウム返しにたずねます。

「フィンダルムが放ったんです」

「じゃ、卵は？」

「ぼくがドジって、まんまと盗まれました」

申しわけなさそうにうなだれる和也の耳に、ディルウィンの声が響きます。

（そんなに自分を責めることはない）

「でも、ディルウィン、ぼくがもう少しまわりに気をつけていたら」

（もし、とか、だったら、などと言ってみたところで何も解決はしない。それより、これからどうするかを考える方が重要だ）

「ディルウィンの言うとおりだ。私たちは、星石と卵をあいつから取りもどさなければならないのだから」

「光の猟犬の前にぼくらが出会ったのは、そいつだったのかもしれない」

ラルフが言いました。

「ああ、あれ。あの、すごぉーくいやな感じのする闇色のものね？」

大きくうなずくリーマに、和也が身を乗りだしてだずねます。

「それ、どっちへ行きました？」

「確か、東の方へ行ったわ」

「そうだ！　光の猟犬たちもそっちの方へ行ったよ」

「東？　だとしたら、やつのねらいは？」

セラが首をひねります。

「カズヤ、あとのふたりは？」

ディルウィンの背にふたり足りないのを見て、リーマがたずねました。

「ああ、フィンダルムとユーリスなら、まだ谷にいるはずです。何か調べることがあるとかで、セラとぼくに光の猟犬の行く先をつきとめるようにと」

「それにしても、東へ向かう理由は何だ？　方角に何の意味がある？」

セラが、思案するようにつぶやきます。

「でも、ふたりが見たって」

「もしかすると、影かもしれない」

「影って？」

「つまり、囮《おとり》だ」

「だとしたら、本物はどこに？」

「ディルウィン、山頂だ！」

不意に、セラが叫びました。

「おそらく、やつは影を追わせておいてドラゴンをとらえる気だ」

巨大な白銀の翼を瞬時に静から動へと変化させ、空中で急転回したディルウィンは、エドラールの山頂に黒い人影を乗せた仲間の姿を認めました。しかも、その人影はなめらかな楕円形の卵を、今まさに投げ落とそうとしているのです。

「よせぇーっ！　落とすなぁーっ！」

和也が叫びました。

その声と同時に、ドラゴンの卵は黒い頭巾をかぶった人物の手を離れ、はるか下方の谷めがけて落下していったのです。

「ディルウィン、卵を追ってください！」

（いや、やつを追う）

「そんなことしたら、卵が死んでしまう！」

半ば涙声の和也に、セラが言いました。

「だいじょうぶだ、カズヤ。ラルフが追っている」
長い耳をなびかせてまっさかさまに、耳長大コウモリが落下する卵を追っていきます。
（こちらも、行くぞ）
ディルウィンの声が響きました。
（口を閉じてしっかりつかまっていないと、舌をかむぞ）
北へ向かって飛び去るドラゴンを追って、白銀の翼が力強く大気を打ちました。

ラルフは卵に追いつきかけていました。
もう少し、もう少しだ！
何度も手をのばすのですが、指先が届きそうでなかなか届きません。
あと、もうちょっと……！
必死に手をのばして追いかけるラルフ。
あと少しで届くのに……！
のばした指先が、何とか卵のてっぺんにふれて、ついに、やったぁ！　つかまえたぞ！

けれど、時すでに遅く、地面はもう目前に迫っていたのです。

だめだ！　このままだと激突する！

その瞬間を覚悟して、ラルフは目を閉じました。

ふわり。

不意に、何かあたたかいものに包まれたと思った途端、どうしたことか落下がとまったのです。卵をかかえたまま、ラルフはふんわりと草原に着地しました。

「あ、あれっ？」

卵をしっかりとかかえて座りこんだラルフは、あたりを見まわしました。

そこはエドラール山の麓に広がる緑の草原。どうやら、そのやわらかな草の上に無事着地できたようです。

「いやあ、危機一髪でしたね」

「だいじょうぶ？　けがはしてない？」

頭上から不意に声が降ってきて、驚いたラルフが顔をあげると、やさしげな笑顔と金色の小さな姿がすぐそこにありました。

「リーマ！　ユーリス！」

「間に合わないかと思って、はらはらしましたよ」

「よかったわねぇ、ユーリス。ちゃんと魔法が役に立ったじゃない」

「ええ、ほんとうに」

ユーリスが満面に笑みをたたえて、大きくうなずきました。

「こういう時でもないと、なかなか思い切って使えませんからねぇ」

「あのさぁ、君たち」

半ばあきれ顔で、ラルフが言います。

「ぼくのことを、ほんとうに心配してくれてるの？」

いつの間にか、三人の周囲には何頭ものドラゴンたちが集まってきていました。

（卵を守ってくださって、ほんとうにありがとうございました。何とお礼を申しあげたらいいのか）

ドラゴンたちの中から一頭が進みでて、ラルフに頭をさげました。

「い、いやぁ、そんなに言われるほどのことは何も」

ラルフは照れたように、爪で頭をかきました。

「カズヤたち、だいじょうぶかしら？」

心配そうに、リーマが北の空を見あげます。

「おじい様が追って行きましたからね、きっとだいじょうぶでしょう」

「フィンダルムが後を追ってるって？」

「ええ。この方たちのお仲間が、おじい様を乗せてくださったのですよ」

（あなた方も後を追われるようでしたら、私がお連れしましょうか？）

「お願いしてもよろしいのですか？」

（そのくらいお安いご用です。先に行った者たちより飛行速度がかなり落ちますので、なかなか追いつけないかもしれませんが、それでもよろしいでしょうか？）

「かまいません。お願いします。で、君たちはどうします？」

ユーリスの質問に、ふたりが同時にこたえます。

「行くに決まってるでしょ！」

やがて、ディルウィンよりひと回り以上小柄に見えるドラゴンが、濃い紫の翼を大きく広げ、北の空をめざして飛び立ったのです。

3

ユーリスたちが月影谷を飛び立った頃、白銀のドラゴンはすばらしい飛翔力で、前を飛ぶドラゴンのすぐ後ろに迫っていました。

竜の湖の北側に茂る森を飛び越え、今、眼下には一面青々とした湖沼地帯が広がっています。その大小さまざまな水の上を、白銀と緑、ふたつの影がまるで滑るように過ぎていくのです。

「そろそろ仕かけてくるな。カズヤ、しっかりつかまって。落ちたら命はないぞ」

セラの言葉どおり、黒い乗り手は背後に迫る白銀の翼をふり返ると、その動きを阻止する行動に出たのです。

頭巾を目深にかぶっているため、まったく顔の見えない不気味なその人物は、手にした杖の上部についている蛇の頭をまっすぐディルウィンに向けました。

何が起こるのか？

見つめる和也の目が、次の瞬間大きく見開かれます。

今の今まで、ただの飾りにしか見えなかった杖の蛇が、血の色に似た赤い瞳でディルウィンをにらんだかと思うと、突然かっと口を開いたのです。その開いた口から黒い煙のようなものが吐きだされると、やがてそれは、蛇のようにくねくねと身をよじりながら宙を泳ぎだしました。

「あれ、何でしょう?」

全身がざわつくのを感じながら、和也はセラにたずねました。

「おそらく、闇の蛇というやつだろう」

その間にも、黒い煙は刻々と姿を変えていき、ついには口を大きくあけた双頭の大蛇となってディルウィンに襲いかかったのです。

「カズヤ、頭を低くしているんだ!」

叫んで腰の剣を抜き放つと、セラは迫りくる大蛇に向かって鋭い切っ先をすばやく突きだしました。

その切っ先をするりとかわした大蛇は、ディルウィンの首にからみつき、強い力で獲物をじわじわと締めつけて窒息させようとします。しかも、一方の頭がセラの動きを封じている間に、もう一方がディルウィンの喉笛をねらって牙をむいているのです。

ディルウィンは、首に巻きついた大蛇の胴体を前足でつかみ、何度も引きはがそうと試みますが、大蛇の方もそうはさせまいと身をくねらせ、さらに強く締めつけていきます。

ディルウィンの喉笛をねらう大蛇の頭に何度切りつけても、その度にもう一方の頭に邪魔をされて、セラは思うように剣をふるうことができません。

何度目かの攻防の後、不意に、セラを威嚇していた頭が向きを変えました。

血の色を思わせる赤い目が和也をじっと見すえ、すっと細められたのです。

ざわり、と全身に悪寒が走ります。

「カズヤ、危ない！」

間一髪、セラの剣が大蛇の首をなぎ払いました。

呪縛から逃れた和也は、あわててディルウィンの首にしがみつきます。その目の前で口をかっと開いて牙をむいた大蛇の頭は、黒い霧に変わり風とともに消え去ったのです。それと同時に、ディルウィンの首に巻きついていた胴体も、力をゆるめてするすると離れていきました。

「やったぁ！」

喜びの声をあげたものの、和也はあんぐりと口あけたまま固まってしまいました。

消えてなくなったはずの大蛇の頭が、またしても目の前で鎌首をもたげ、四つの目が不気味な光を放っていたからです。

セラの剣が再び風を切り、大蛇の頭部を切断しました。けれど、何度切断されても、大蛇の頭はすぐさま元の姿にもどってしまうのです。

そんな疲れを知らない化けものを相手にして、生身の人間がそういつまでも太刀打ちできるはずはありません。

しつように襲いかかる大蛇を相手に、セラはそろそろ体力の限界を感じ始め、一方の和也は、どうすれば闇の蛇を撃退することができるのか、その方法さえ見出せない自分にいらだちを感じていました。

（しっかりつかまっていろ！）

突然、頭の中でディルウィンの声が響きました。

ふたりがあわててその背にしがみつくと、広げていた翼を半ばたたむようにして、ディルウィンが急降下を始めたのです。後を追って、闇色の大蛇も身をおどらせます。

飛翔をとめたディルウィンの体は眼下の沼地をめがけ、大気を裂いてまっさかさまに落下していきました。

白銀の背中にしがみついていたふたりの耳には、ごうごうとうなりをあげる風が上へ向かって吹き過ぎていく音だけが聞こえていました。

そのような状況であれば、いくら必死にしがみついていたとしても、ふたりの体はとっくに宙に放り出されていたはずです。ところが、不思議なことには、セラも和也も、そんな風圧どころかそよとした風さえ感じることはなかったのです。

急降下したディルウィンは、沼地に激突する寸前、半ばたたんでいた翼を一気に広げると、今度は急上昇します。

背後に迫っていた追跡者は方向転換が間に合わず、そのまま沼へ向かって突っこんでいきました。

「やりましたね！」

ほっとしたように、和也が下を見ます。

(安心するのはまだ早い。やつは不死身だ。この程度では死なない。だが、この底なし沼で少しは時間かせぎができるだろう。今のうちに、あの黒い魔法使いを何とかせねばなるまい。かの者の目的が銀嶺山脈にあるとすれば、なおのこと)

ディルウィンが言いました。

「そのとおりです」

セラがこたえます。

「やつの目的は、銀嶺山脈にある夢幻の谷に違いない、とフィンダルムは言っておれました」

(夢幻の谷、か……)

ディルウィンのつぶやきが、和也の頭に響きます。

「ですから、私たちは何としても、やつの目的を阻止せねばならないのです。ディルウィン、あなたが呼びかけて、前方のドラゴンをとめることはできませんか?」

(呼びかけることはできるが、とまりはしないだろう)

黒い魔法使いを乗せたドラゴンの背後にぴったりとついたまま、ディルウィンがこたえました。

(おそらく、彼女はエドラール山上で何ごとか約束させられているはずだ。ドラゴンは一度交わした約束を破ることは決してない。何があろうとも)

「どうします、セラ?」

「しかたがない。少々荒っぽいが、強硬手段をとるしかないな。カズヤ、しばらくこの剣をあずかっていてくれないか」

「強硬手段って、どうするつもりですか?」

背負っていた剣を渡すと、和也の問いにはこたえないまま、セラはディルウィンに声をかけました。

「ディルウィン、あのドラゴンの真上にぴったりつけてもらえませんか?」

(やってみよう)

「セラ、まさか、危ないことをするんじゃないでしょうね?」

「心配性だな、カズヤは」

セラが笑いました。

「だったら、強硬手段って何ですか?」

けれど、その質問は見事に黙殺されてしまいます。

ディルウィンは白銀の翼で大気をひと打ちすると、そのまま一気に前方のドラゴンの真上へと飛びました。

「少しの間そのままで!」

セラの要求にこたえ、ディルウィンはぴったりと同じ速度で飛行します。

真上を飛ぶ白銀のドラゴンを見て、セラの意図に気づいたらしい黒い魔法使いは、右へ左へと体をかわしながら飛ぶように、自分のドラゴンを操り始めました。

「どうやら見ぬかれたらしいな」

くやしそうに、セラが言います。

(このまま時間かせぎをされては面倒だ)

重々しい声が、不意に頭の中で響きました。

(私が何とか体勢を崩させる。勝負は一瞬だ。それを逃したら後はない)

体をかわすドラゴンを追っていたディルウィンが、突然逆の動きをしました。相手が左へ動くのと同時に大きく右前方へ回りこむと、そのまま相手に向かって猛烈な勢いで突っこんでいったのです。

一方、黒い魔法使いのドラゴンは、衝突をさけるため右の翼を斜め下に向けると、急降下を始めました。

二頭のドラゴンの体が、大気をふるわせながら空中ですれ違います。

黒い魔法使いにとって、それは予想外の事態だったのでしょう。一瞬、自分のドラゴンの体勢を元にもどすことに注意を奪われたのです。

(今だ!)

ディルウィンの声と同時に、セラはためらうことなく、もう一頭のドラゴンの背にとびました。

「あっ!」

とめる間もなく宙に身をおどらせたセラの姿を、和也はあっ気にとられて見つめるばかりでした。

黒い魔法使いは、背後に降り立ったセラの方へ無言で向き直りました。しかも、その手にあったはずの杖は、いつの間にか抜き身の剣に姿を変えています。

「ディルウィン、横に並んでください！」

(わかった)

上へ下へと並んで飛び続けるドラゴンの背中では、ふた振りの剣が何度となく交わっては金属音を響かせています。

花から花へ飛ぶ蝶の舞にも似たその闘いを、はらはらしながら見守っていた和也の視線が不意に、セラの背後に出現した闇色の影を見つけたのです。

「セラ、後ろにさっきの蛇が！」

その叫び声がとどくのと同時に、闇の大蛇がセラをとらえます。

底なし沼から生還した闇の大蛇はもはや双頭ではなく、二匹の大蛇と化していました。ふたつの闇色の胴体が、セラの上体と脚にからみついて自由を奪い、血色のまなこが残虐な喜びの色を浮かべて獲物を見つめます。

「勝負あったな」

黒い魔法使いが初めて声を発しました。

美声と言ってもいいほどの深いバリトンの響き。その声の中に、セラは何か得体の知れない不気味さを感じとりました。しかも、半ばからかうようなその口調は、どこかで聞いた覚えさえあるような気がします。

「どうかな。勝負は最後の最後までわからないと言うぞ」

まっすぐな視線を向けて、セラが言いました。

「この期におよんでまだ負け惜しみか。そういう勝気なところは、子どもの頃と少しも変わらぬようだな」

黒い魔法使いが、くっくっと声を殺して笑いました。

「まるで、私のことを知っているような口ぶりだな」

「まあ、知らぬこともない。だが、そろそろ時間切れだ。説明している暇はないな」

黒い魔法使いは、闇色の大蛇に向かって何ごとか命じました。

「殺せ！」

その言葉に、闇色の大蛇は喜々として従い、セラの体をじわじわと締めつけていた力をいっきに倍増させたのです。

「やめろぉーっ！　セラァーッ！」

和也の叫ぶ声が、セラにはどこか遠くから聞こえてくるような気がしました。

落とすまいと必死ににぎりしめていた柄の根もとから、セラの剣はぽっきりと折れてしまっています。つまり、この時点で、状況を打開するための手立てはまったく残されていなかったのです。

巻きついた大蛇にぎりぎりと締めつけられて、しだいに意識が遠のいていくのを感じながら、セラはふと空色の光に包まれた神殿を思いだしていました。言葉にできないなつかしさが心の奥底からあふれだして、幸せな想いがじわりと心を満たしていくのがわかります。

思わず知らず、セラのくちびるはひとつの言葉を紡ぎだしていました。

「ルシスフィアリス」

かたわらを吹き抜ける風の音にもかき消されてしまいそうなほど、かすかにささやくような声。にもかかわらず、それはセラの呼びかけに反応したのです。

闇色の大蛇に締めつけられ、徐々に力を失っていくセラの姿を目の当たりにして何もできない自分自身を、和也は激しくののしっていました。

何をやってるんだ、おまえは！　こんな大事な時に何もできないなんて！　くそっ、何とかしろ、和也！　友だちが死んじゃうかもしれないんだぞ。このままでいいのか？

そう心の中で自分をどなりつけた時、和也はひと振りの剣を手にしていることを思いだしたのです。

そうだ、まだこの剣がある！

和也の心に、ひとすじの光がさしました。

この剣であの闇の大蛇に切りつけることができれば、セラを締めつけている力がゆるむかもしれない。

和也は剣の柄に手をかけると、一気に鞘から抜こうとしました。けれど、どんなに懸命に引っ張っても、刀身は姿をあらわしません。

和也の心に、再び、絶望が黒い影を落とし始めたその時、まるで自らの意思でそうしたかのように、剣が和也の手を離れてふわりと宙に浮いたのです。

どうして？

そう思った瞬間、驚く和也の目の前からそれはふっと消え去り、闇色の大蛇に巻きつかれたセラの手の中に出現したのです。

「それは……！」

黒い魔法使いの声には、あきらかな動揺が感じられました。

ルシスフィアリス、来てくれたのはありがたいが、私には鞘を払うことさえできない。

心の中でつぶやくセラ。

そのつぶやきにこたえるように、剣がセラの手の中で小さくふるえたのです。

剣が振動している？

そう思ったのと閃光が走ったのは、ほぼ同時でした。

まばゆい光が渦を巻き、またたく間にセラと大蛇をのみこんでいきます。

「セラぁーっ！　セラぁーっ！」

あまりのまぶしさに、光を片腕でさえぎるようにしながら、和也が叫びました。

（彼女はだいじょうぶだ）

和也の頭の中で、不意に、ディルウィンの声が響きます。

（あの光で、闇の大蛇は間違いなく消滅したはずだ。黒い魔法使いの方は、すばやく結界を張っておのれの身を守ったようだが）

「ディルウィン、でも……」

言いかけて、和也のくちびるが動きをとめます。

緑のドラゴンの背ではげしく渦巻いていた光は、きらめく金色のかけらとなって漂いながら、大気の中に溶けこもうとしていました。しかも、ディルウィンの言葉どおり、闇色の不気味な大蛇の姿は、今度こそ完全に消え失せていたのです。

「セラ……？」

闇の大蛇から解放されたセラの姿を見て、ほっとしながらも和也は首をかしげました。

さっきまでのセラとは、何かが違うような気がします。けれど、どこがどう違うのかとたずねられても、それはあまりにも漠然としていて、野を渡る風のようにつかみどころがないというか、何か霧の中の幻のようにぼんやりとしていました。

きっと、気のせいだ。

和也は自分に言い聞かせました。

何ひとつ変わりはしない。セラはセラなのだから。

そんな友人の思いを知ることもなく、セラは無言で黒い魔法使いと向き合っていました。手にはいつの間にか、抜き身の剣がにぎられています。

「その剣をどこで手に入れた？」

バリトンの声が、再び響きました。

先ほどと違って、からかうような響きはかけらもありません。

「しかも、抜くことができるとは……おまえは、いったい何者だ？」

「何者だと聞かれても、私は私だ、としかこたえようがないな」

凛とした声で、セラが言いました。

「そんなことより、エレンディルを返してもらおうか」

「できぬな」

くくっと笑って、黒い魔法使いは杖を頭上にかかげました。不気味な蛇の頭から、
今度は稲妻が天に向かって走りました。

息をのんで見守る和也の視線の先、稲妻が天に刺さったあたりからは黒々とした雲がわきおこり、それがまたたく間に四方へ広がっていきます。

やがて、空をおおうように広がった黒雲の一角から、何かが次々に飛びだしてきたかと思うと、こちらへ向かってぐんぐん近づいてくるのです。

鳥か？

和也が心の中でつぶやいた時、

「カズヤ、ゲルグだ！」

セラが叫びました。

第四章　想いの谷へ

1

迫りくる新たな敵は、遠目に見ると、ハゲワシにとてもよく似た姿をしていました。

体の大きさはハゲワシよりひとまわり大きいくらいで、首から下は全体に黒っぽい羽毛でおおわれ、首のつけ根にあるえり巻きのような羽毛と尾の先端は深紅色をしていました。

先の方で少し弧を描く形のくちばしは、ハゲワシのそれよりはるかに大きく、上下とも中ほどに鋭い歯のようなギザギザがありました。そして、正面から見たその顔は、なんと数百年もの歳をへた皺《しわ》だらけの老婆そのもの、だったのです。

「何だってこんな……！」

幼い頃に読んだおとぎ話を思いだして、和也は不意に笑いたくなりました。

置かれている状況は、とても笑ってなどいられない場面だったのですが、いかにも悪い魔法使い然とした鳥の顔を見て、こらえきれずにくすっと笑いをもらしてしまったのです。

まさか、それが合図だったというわけでもないのでしょうが、同時に二羽のゲルグが和也めがけて襲いかかります。

ギエーッ、ギエーッ。

気味の悪い耳ざわりな声でわめきながら自分に迫ってくる死神たちを前にして、和也は頭の中が真っ白になって動くことすらできません。

（伏せろ！）

頭の中でがんがん響くディルウィンの声が、否応なしに和也を従わせます。

間一髪、ゲルグの鋭い爪が和也の頭上をかすめると、

（どうやら、連中はこちらだけをねらっているようだな）

再び、ディルウィンの声が響きます。

（しかも、獲物はそなたらしいな）

「そんな……！」

見まわせば、なるほど、ゲルグたちの関心は白銀のドラゴンの背中の一点に集中しているようです。

背すじにぞわりとしたものを感じて、和也はあわてました。

こんなばあさん顔をした鳥のえさになるなんて、絶対にいやだ！

和也の心の声に、ディルウィンがこたえます。

（やつらは獲物が弱るのを待っているのだ。その方が楽だからな。そなたが弱気にさえならなければ、今しばらくはようすをうかがうだけで襲ってくることはないだろう。気持ちをしっかり持つのだ）

「は、はい、ディルウィン、何とかがんばります」

頬を引きつらせながらも、和也はうなずいていました。


白銀のドラゴンと緑のドラゴンは、相変わらず並んで飛び続けていましたが、じつのところ、黒い魔法使いはその企てを修正するしかない状況に陥っていました。

なぜなら、ディルウィンの巧みな誘導で本来の飛行コースから徐々にはずれていき、今や当初めざしていた北ではなく、東の方角へ向かわされていることに気づいたからです。さらに、途中で何度も旋回させられたり南へ押しもどされたりと、相当な時間を費やさせられてもいたのです。

「どうやら、ドラゴンというものを甘く見過ぎていたようだ」

黒い魔法使いが、いまいましげにつぶやきます。

「今のうちに、あきらめた方がいいのではないのか？」

セラがにこりとして言いました。

「それも選択肢のひとつではあるが」

黒い魔法使いは、かすかに笑いを含んだ声で言いながら、頭巾に片手をかけます。

「こういう選択肢もあるな」

相手の意図がわかっていても、セラの心は大きくゆれていました。

頭巾の中の顔を見たくないという思いが激しく渦を巻き、剣を持つ手がふるえているのがわかります。そんなセラの思いをあざ笑うかのように、黒い頭巾の奥から今まで隠れていた顔が唐突にあらわれ、白日のもとにさらされると、

「やはり……！」

相手を見すえるように、セラが目を少し細めました。心の動揺はすでにおさまって、剣を持つ手にも力が入ります。

頭巾の人物は、黒髪に灰褐色の瞳の持ち主でした。頬骨が少しばかり高過ぎるようですが、それを除けばまあまあ美男子の部類に入ると思われる人物です。

からかうように口の端をゆがめ、声もなく笑うその人物を、怒りと悲しみのまじった表情で見つめるセラ。それはまぎれもなく、彼女がよく見知った人物の顔でした。

「ははは。久しぶりに見る兄弟子の顔だ。なつかしいだろう?」

「なにが兄弟子だ!　おまえはキリス・フェルスではない!　キリス・フェルスをどうした?」

竪琴《たてごと》の師匠の息子で幼なじみでもあるキリス・フェルスは、セラの兄弟子にあたる人物でした。闇の魔法使いがその幼なじみと同じ顔で、今目の前にいるのです。とすれば、本物のキリス・フェルスはいったいどうしたのか。

セラの心は激しくゆれます。そこに、一瞬のすきが生まれました、その時を待ちかまえていた黒い魔法使いが、風のように動きます。

「予定は狂ったが、この手土産ならばわが君も満足なされよう」

キリス・フェルスの顔を持つ人物の手にした杖から、再び黒い煙のようなものがあらわれると、それは縄をなうようによじれながら、またたく間にセラの自由を奪っていきました。

心のすきを突かれたセラは、魂のぬけがらのように少しも抵抗することなく、力の抜けたその手からは、今の今までにぎりしめていた剣が滑り落ちます。

剣はドラゴンの背中で金属音をたてると、きらめく軌跡を残しながら下界へと落下していきました。

「邪魔者は片づいたな」

がくっと膝をついたセラの肩をつかもうと、一歩足をふみだした偽キリス・フェルスの顔には、絶対的な勝利の笑みが浮かんでいました。不意に、何者かが彼のマントをつかんで引きとめるまでは。

ふり返った偽キリス・フェルスの足もとでは、マントの裾をしっかりとにぎった和也が必死にドラゴンの背にはいあがろうとしていました。

友人を救うために、勇気をふるって緑のドラゴンの背に飛び移ったのです。

「誰かと思えば、ひよっこの小僧か」

「セラにふれるな！」

和也が叫びました。

「セラ、セラ、目を覚まして！　こんなやつに負けちゃだめだ！」

「ほう、姫君の忠実な騎士、というわけか」

くくっと喉を鳴らして、偽キリス・フェルスが笑いました。

「そんなに死にたければ、望みをかなえてやろう」

偽キリス・フェルスは口の中で小さく呪文を唱えると、手にした杖の先で和也の上に三度円を描きました。

何をする気だ?

心のつぶやきに対する答えは、すぐに現実のものとして和也の前にあらわれました。

ギギギェーッ。

遠巻きにようすをうかがっていたゲルグたちが、耳ざわりなわめき声をたてたかと思うと、バタバタとはげしく羽ばたき始めたのです。

「ほう、これはまた、ずいぶんな喜びようだ」

偽キリス・フェルスがにやりと笑いました。

「何を、したんだ?」

「ちょっとした、姿変えの魔法さ」

いかにも軽い口調で続く言葉は、和也にとって思いもかけないものでした。

「連中には、今、おまえの姿がラナックに見えていることだろうよ」

「ラナック?」

言葉の意味を理解しかねて、和也がオウム返しにつぶやきます。

「竪琴鳥《たてごとどり》とも銀鈴鳥《ぎんれいちょう》とも呼ばれている鳥だ」

偽キリス・フェルスが、にやりとしてこたえました。

「瑠璃色の翼と竪琴に似た銀青色の尾羽を持っており、頭には王冠のように見える金色の冠毛がある。さえずる声も姿も美しいのだが、連中にはそれがよほど気に食わないと見えて、ラナックを見つけると必ず、喜々として殺そうとするのだよ。私の言葉の意味がわかったかね？」

口の端を少しゆがめてあざ笑うように、偽キリス・フェルスが言いました。

「ああ、よぉーくわかったよ」

怒りにふるえる指でマントの端をぎゅっとにぎりしめ、怒りにふるえる声で和也はこたえました。

「おまえと同じくらい、いやなやつらだということがね」

「減らず口をたたけるのも今のうちだ。地上に激突するのが先か、連中に引き裂かれるのが先か。せいぜい楽しむがいいさ」

その言葉が終わるやいなや、偽キリス・フェルスはさっとマントを脱ぎすてました。

「わあぁぁーっ！」

風にあおられ、いったん空中に舞いあがったマントは、和也の重さに引きずられるように落下を始めます。その後を追って、ゲルグたちも次々に降下していったのです。

もうだめだ！

大気を裂いて落下しながら、和也は死を覚悟しました。

目の前を、走馬灯のようにいろいろな場面が過ぎては消えていきます。

セラ、リーマ、ユーリス、バジャルワック、みんなにもう一度会いたかったなぁ。

遠くなる意識の中で、和也はふとなつかしい声を聞いたような気がしました。

「なに寝ぼけてんの！　さっさと起きなさいってば！」

まるで、リーマみたいだ。

心の中でそうつぶやいたのを最後に、和也の意識は霧に包まれてしまったのです。


緑のドラゴンの背の上では、偽キリス・フェルスがセラの縛めをとき、額に二本の指を当てて何ごとか命じようとしていました。

目ざわりな白銀のドラゴンは、少年を追って急降下していき、行く手をさえぎるものはもはや何もないのです。

「このまま、もう一度北をめざすとするか」

つぶやいて北の方角をながめやったほんの一瞬、彼の心に油断が生じ、セラを呪縛していた魔力がゆるみます。

きらり。

目の端に光をとらえ、かろうじて、偽キリス・フェルスは後ろへとびすさりました。けれど、それより一瞬早く、鋭い剣の切っ先がその胸元をさっとないだのです。それはねらいたがわず、首からさげられた細い鎖を断ち切りました。

鎖の先に結ばれていた皮袋がドラゴンの背に落ち、あわてて手をのばした偽キリス・フェルスの指先をすりぬけます。

一方、セラの方も皮袋に手をのばしたもののつかむことはできず、開いた口からこぼれでたきらめく緑の宝石は、さらに下へと滑り落ちていきました。

皮袋の中身をあきらめた偽キリス・フェルスは、剣の持ち主の方へ向き直ります。

「見事にしてやられたよ。いつ呪縛を破った？」

「カズヤが、目を覚ませと叫んだ時に。あの声で正気にもどった」

「ほう。ひよっこにしては、上出来だ」

偽キリス・フェルスがにやりと笑いました。

「しかも、その剣まで呼びもどしていたとはな」

「おまえは、何者だ？」

セラの強いまなざしを、灰褐色の瞳がはじき返して、

「キリス・フェルス」

「ふざけるな！」

叫んで、セラが再び剣を構えます。

「キリス・フェルスは竪琴弾きだ！　断じて闇の魔法使いなどではない！」

今にも切りつけようとするセラに、

「いいのか？」

偽キリス・フェルスが、かすかに笑いを含んだ声でからかうように言いました。

「あの少年は、今頃、ゲルグたちに引き裂かれているかもしれぬぞ」

「だいじょうぶだ。ドラゴンがついている」

「さて、間に合ったかどうかな」

くぐもった笑い声が、偽キリス・フェルスの口からもれました。

カズヤ、頼むから生きていてくれ！

セラは心の中で叫びました。

その声なき声の悲痛な叫びが大気をふるわせ、風の精霊たちを突き動かします。

(だいじょうぶ。彼は生きている)

きらめく風が、セラの耳もとでささやきました。

よかった！　光の神々よ、感謝します！

「ありがとう、シルフィーリ」

風の精霊たちがセラを祝福し、笑いさざめきながら去っていきます。

「いまいましい精霊どもだ」

舌打ちしてつぶやく偽キリス・フェルスに、セラは再びまっすぐな視線を向けました。

「もう一度聞く。おまえは誰だ？」

「エレンディルも失われた今、もはや、私が何者であろうとかまうまい」

偽キリス・フェルスの言葉に、セラが反論しようとしたその時、

「セラフィリアン」

おだやかで威厳に満ちた声が呼びかけました。

「フィンダルム！」

「ふん、追いついてきたか」

いまいましそうにつぶやく偽キリス・フェルス。

「すまんなぁ、すっかり遅くなってしもうた。何せその二頭よりかなり飛翔力が落ちるものでな。ずいぶんと待たせてしまったかのう、黒の谷のリウデゲール？」

その名を呼ばれ、キリス・フェルスと名乗っていた人物が、ぎろりとフィンダルム

をにらみました。

「リウデゲール、そなたの企《くわだ》てはついえた。潔くあきらめることじゃな」

「フィンダルム、こやつをご存知なのですか？　いったい何者なのですか？　本物のキリス・フェルスは無事でいるのでしょうか？」

セラの顔には、濃い不安の色が浮かんでいます。

「こやつは、黒の谷レジェルヴィデスの黒い魔法使いのひとりだが、影の国の者だとも言われておってな、じつのところ正体不明なのじゃ。それから本物のキリス・フェルスのことじゃが」

ひどくつらそうな表情で、フィンダルムは言葉を続けました。

「こやつがキリス・フェルスの顔と記憶を手に入れた時点で、すでにこの世の者ではなくなっておろうよ」

「つまり、この者に殺された、ということですか？」

怒りを押し殺したようなセラの声。

「残念だが、そういうことになるな」

うなずいて、フィンダルムが視線を向けると、

「なにやら、こそこそとうるさく嗅ぎまわる連中がいるとは聞いていたが、なるほど、

そういうことか」

リウデゲールが苦々しげに言いました。

「老いぼれとあなどったのが、大きな誤算だったようだな」

はははは、とフィンダルムが笑いました。

「おじい様！　セラ！」

いつの間に追いついたものか、緑のドラゴンと翼を並べるように浮上してきた紫のドラゴンの背中から、ユーリスが手をふっています。

「ディルウィンがうまく時間かせぎをしてくれたおかげで、追いつきましたよ」

ユーリスの笑顔とは対照的に、リウデゲールは顔をしかめ、小さく舌打ちをしています。

「せっかくの企てを台なしにされた代償はいずれ返してもらうが、こたびはあのひよっこの命と引き換えに去るとしよう。代償が、いささか釣り合わぬ気もするがな」

言うが早いか、リウデゲールは持っていた杖の頭の部分をセラの足もと、つまり、緑のドラゴンの背中に向けたのです。

相手の意図をつかみかねたセラが一瞬遅れて動いた時にはすでに、リウデゲールの持つ杖の頭部からほとばしった無数の稲妻が、ドラゴンの動きをからめとるように背中から翼へと縦横に駆けめぐりました。

緑のドラゴンは悲鳴をあげ、しびれた体を大きく傾かせたかと思うと、そのままっさかさまに落ちていきます。落下のあおりを受けて、セラもまた、空中に放りだされてしまったのです。

「セラフィリアン！」

「セラ！」

フィンダルムとユーリスが、同時に叫びました。

「ユーリス、セラフィリアンを頼む。わしは、あのドラゴンの落下をとめる」

「わかりました」

二頭のドラゴンはそれぞれ、落ちていく仲間とセラを追いました。

フィンダルムの杖から淡い緑色の光がほとばしって、落下するドラゴンの体をすっぽり包みこむと、まるでシャボン玉が宙にふわりふわりと浮くように、ドラゴンの大きな体が空中でふわっと停止します。

ユーリスも、セラの落下をとめるための呪文を唱えます。その時、一瞬早く浮上してきた白銀の翼が、無事にセラの体を受けとめたのです。

「ディルウィン！　カズヤ！」

驚くユーリスに、白銀のドラゴンの背中から和也が大きく手をふります。

「ありがとう、ディルウィン、おかげで命拾いしました」

セラの心からの言葉に、ディルウィンがひと言。

(間に合ってよかった)

小さくうなずくと、セラはその耀くような笑顔を再会した友人の方へと向けて、

「カズヤ、無事でよかった。あの時、ゲルグたちが追っていくのを見ながら、どうすることもできなかった。ディルウィンが追っていったから、きっとだいじょうぶだと思ってはいたんだが……」

言葉につまったセラが、思わずうつむきます。

「セラ?」

首をかしげる和也。

「よかった、無事で。ほんとうに、よかった」

つぶやくように言って顔をあげると、セラはもう一度友に微笑みかけました。

「危うく、バジャルワックに合わせる顔がなくなるところだった」

「なあんだ。バジャルワックのために、ぼくのことを心配してくれていたんですか?」

和也の言葉に、くすっと笑ったセラが、

「バジャルワックの分まで、心配していたということだ。それで、あのゲルグたちはどうしたんだ？」

「あいつらなら、ぼくを助けてくれた後、ディルウィンが尻尾と翼で底なし沼にはたき落しましたよ」

「そうか、ディルウィンが」

「はい。ディルウィンに命を助けてもらったおかげで、こうしてまた、みんなに会うことができたんです。これ以上うれしいことってありませんよ。ほんとうに、ディルウィンには何とお礼を言ったらいいのか、言葉にできないくらい感謝してます」

「そう。私たちふたりは、いくら感謝しても感謝しきれないほどの恩を受けたんだ」

（そのように大げさに感謝されると、何やらひどくくすぐったい気がするな）

笑いを含んだディルウィンの声が、頭の中で響きます。

「それで、彼女の具合はどうなんです？」

緑のドラゴンを気づかって、セラがたずねました。

（心配ない。一時的に体がしびれただけのようだ。もう少し時間がたてば、元どおりに飛ぶことができるだろう）

「そうですか。よかった」

ほっとした表情のセラの横で、和也がぽつりとつぶやきます。

「それにしても、あいつはいったい、どこに消えたんだろう？」

そう言われて、セラもあわててあたりを見まわしましたが、まるで煙のように、黒い魔法使いリウデゲールの姿は消え去っていました。

「自分も乗っていたのに、ドラゴンを墜落させるなんて、いったいどういうつもりだったんでしょうね？」

「落下騒ぎのすきに、空間移動でこの場を逃れるつもりだったのだろうな。移動先はわからないが、おそらく、自分でも予想していないような場所に出ているだろう」

セラの言葉を聞きながら、不意に、和也は思いだしました。

「エ、エレンディルは？　まさか、あいつが持っていってしまったんじゃ？」

「だいじょうぶだ。カズヤ、落ち着いて。やつはエレンディルを持ってはいない」

セラがなだめるように言いました。

「よかったぁ！　じゃあ、エレンディルを取りもどしたんですね？」

「それが……じつは……」

ほっとする和也に、セラが口ごもりながら言葉を続けます。

「取りもどしても、いないんだ」

「ええっ！　どういうことなんですか？」

「つまり、何と言うか、やつが首からさげていた鎖を切ったのだが、その先に結びつけられていた皮袋は、ドラゴンの背から下へ落ちてしまったんだ。そのうえご丁寧にも皮袋の口が開いて、中の宝石がきらめきながら落ちていくのが見えた。しかも、そのことを思いだしたのはついさっき、ディルウィンに助けられてからなんだ」

「もしかして、エレンディルは底なし沼に沈んだかもしれない、ってことですか？」

「まあ、そういうことになるな」

ため息まじりに、セラがこたえます。

「それって、すごく大変なことなんじゃないですか？　エレンディルが存在するかぎりこの世界は影響を受け続けるんでしょう？」

「そうなんだ」

セラが、再び大きなため息をつきました。

「しかも、かなりの速さで飛んでいたから、どのあたりに落ちたかさえはっきりとはわからないときている。まったくもって、これ以上ないほど馬鹿な話だ。やつからエレンディルを引き離すことにばかりに気を取られていて、肝心のことがおろそかになってしまったのだからな」

「セラ、そんなに自分ばかり責めないでください。フィンダルムに相談したら、きっと良い方法が見つかりますよ」

「ありがとう、カズヤ。やさしいんだな」

「バジャルワックにも、そう言われましたよ」

顔を見合わせて笑うふたりに、ユーリスが声をかけました。

「おじい様と私を乗せてくれているドラゴンたちが、彼女を支えながら飛ぶと言っています。それなら、何とかだいじょうぶらしいのです。ディルウィンも、そのことを了解してくれました。ですから、私たちもおふたりの方へ移らせていただきます」

ディルウィンの背中に、フィンダルムとユーリスが乗り移ると、

（これで、やっとまっすぐに飛ぶことができる。旋回し過ぎて少々目がまわってきたところだ）

ほっとしたようなディルウィンの声が、みんなの頭の中で明るく響きました。

2

「ユーリス、ほんとうに申しわけないことをしてしまって、何と言ってあやまればよいかわからない……」

開口一番、セラが謝罪の言葉を口にします。

一行は、ドラゴンたちの翼を休めるため、眼下の湖に浮かぶ小さな島に降り立っていました。点在する底なし沼に囲まれたその湖は、不思議な色の湖面をかすかに波立たせています。

「エレンディルは、この底なし沼のどこかにあるはずなのだが、どのあたりで落ちたものかもよくわからない。しかも、エレンディルがあるかぎり、リーフェンロイエンは影響を受け続け、存在自体が危うくなるかもしれないというのに、私にはどうすればいいのかさえわからないんだ」

一瞬驚きの表情を浮かべた濃紺の瞳が、すぐにやわらかな笑みをたたえます。

「そんなにご自分を責めることはありませんよ。そうでしょう、おじい様?」

かたわらで、フィンダルムが静かにうなずきます。

「ユーリスの言うとおりじゃよ。少なくとも、エレンディルがやつの手を離れたということで、最大の危機は脱したわけじゃからな。これからどうするかは、月影谷にドラゴンたちを送りとどけてからのことじゃよ」

「ほら、言ったとおりでしょう」

「カズヤ……」

「エレンディルをどうやってさがすかは、みんなで考えましょう。知恵を出し合えばきっと、何か方法が見つかりますよ」

「たまには良い提案をしますね」

「ユーリス、たまに、は余計です」

顔を見合わせて笑いだすふたりを、やわらかなまなざしで見つめていたフィンダルムが、不意に口を開きました。

「エレンディルのことはしばらく置いておくとして、今は、目の前のことじゃな」

「どういうことですか？」

「前にも言ったと思うが、このリーフェンロイエンで魔力を使うことは、とても大きな危険を伴う。しかしここにきて、リウデゲールやわれらが続けざまに魔力を使ってしまったのだから、その影響がどういう形で出てくるかが少々心配なのじゃよ」

「予測はできないんですか？」

「むずかしいな」

フィンダルムが、首を横にふります。

「とにかく、ドラゴンたちを早く谷へ帰さねばなるまい。ディルウィン、申しわけないのだが、お仲間を谷へ送ってから、またこのあたりにもどってはもらえぬかな？」

（その必要はなさそうだ。彼女たちは自力でもどれると言っている）

「しかし、それでは」

（だいじょうぶだ。ドラゴンはできないことをできるとは言わない）

「そうか。ならば、ご厚意をありがたく受けるとしよう」

フィンダルムの言葉で、三頭のドラゴンだけが、そのまま月影谷へもどることになったのです。まだ少ししびれの残る翼を羽ばたかせて、緑のドラゴンがふわりと飛び立つと、その後を追って二頭のドラゴンも飛び立ちます。

「ありがとう！」

「気をつけて帰ってくださいね！」

三頭のドラゴンの姿はぐんぐん小さくなり、やがて空のかなたへと消えていきました。

「だいじょうぶでしょうか？」

和也が心配そうにつぶやきます。

「彼女たちはだいじょうぶじゃよ。それより、問題はこちらじゃ」

ドラゴンたちが消えたのとは反対の方角を見つめて、フィンダルムが言いました。

「えっ？」

灰色の瞳が見つめる先をたどって、和也は思わず息をのみました。

澄んだ青空をさえぎるように、何かが浮かんでいます。

「ギメルドゥログ……！」

信じられないという顔で、ユーリスがつぶやきました。

初めのうちは真っ黒いかたまりのように見えたそれは、見ている間にゆらゆらとゆらめきながら形を変えていきます。

「何なのですか、あれは？」

セラがフィンダルムにたずねました。

「ギメルドゥログ。影の国とも闇の国とも呼ばれるニフルヘルに棲む妖魔じゃ。やつは見る者が心にいだく恐怖を喰らい、魂の輝きを闇色に変える。光の国へ飛翔するための輝きを失った魂は、ねじれゆがんで異形と化したあげく暗黒の闇の世界へ墜ちていくのじゃよ。人界で唯一闇の国への入り口があると言われるニダフィアル山脈には、太古の昔から多くの目撃例が伝説として残されておる。おそらくは、何かの折にまぎれこんでくるのじゃろうがな」

「そんな妖魔が、どうしてここに？」

「さっき言った、予測できない結果じゃよ」

「なるほど」

セラがうなずきます。

「ちょ、ちょっと！　そんなのんきなこと言ってる場合ですか？」

「落ち着いて、カズヤ！」

「落ち着いてなんかいられませんよ、ユーリス！」

「あわてても、事態は変わりませんよ」

相変わらずのんびりとした口調で、ユーリスが言います。

「よくそんなに落ち着いていられますね。あれですよ、あれ！」

指さすその先では、黒いかたまりが新たな姿に変化をとげようとしていました。

そんなふたりのやり取りをよそに、フィンダルムが口を開いて、

「ディルウィン、あれが完全に形を変えてしまわぬうちに、西へ向かってくれまいか」

（西へ？）

「闇黒山脈の向こう側にある闇の領域ダルヴィアにできるだけ近づいて、境界ぎりぎりの所まで行ってほしいのじゃよ。あれをこのまま野放しにはできぬからな」

（わかった。では、急ぐとしよう。あまり時間がないようだ）

四人を乗せたディルウィンは、西へ向かって飛び立ちました。

向かう先は黒々とそびえる闇黒山脈。さらには、その向こうにあるという闇の領域ダルヴィアです。

白銀のドラゴンを追って、ギメルドゥログも西へ向かいます。

妖魔はさっきまでの黒いかたまりから、見たこともないほど巨大な狼へと姿を変えていました。巨大な黒い狼は口から炎を吐き、らんらんとした両のまなこには、見る者の背すじを凍りつかせるほどの残忍な光が宿っています。

白銀の翼で力強く大気を打って飛ぶディルウィンも、四人を乗せているためさすがに飛行速度が落ちていました。

「どうします、おじい様？」

背後に迫る巨大な黒い狼を見やって、ユーリスがたずねます。

「そうさな」

長いあごひげをなでながらつぶやくフィンダルムに、

「フィンダルム、早く何とかしないと、もうそこまで迫ってますよ」

後ろをふり返って、和也が叫びます。

「来るぞ！」

セラも剣を構えます。

背後に追いすがった闇色の巨大な狼は大きく口をあけ、ディルウィンに向かって黒い炎を吐きかけました。炎を避けようとして、ディルウィンは急降下の体勢になります。

「ディルウィン！」

和也が叫びました。

その瞬間、闇色の炎はごうごうと渦を巻きながら、一行をのみこむように襲いかかったのです。けれど、それより早く、翼を折りたたんだディルウィンの体は、地上へ向かってまっさかさまに落ちていきました。

直前、フィンダルムが放った防御の魔法で淡い緑の光に包まれた背中の四人は、まるでシャボン玉の中に閉じこめられたかのようにふわりと宙に浮かびます。

突然あらわれた淡い緑の光球には目もくれず、巨大な黒い狼は落ちていくディルウィンの後を追っていきます。

「ディルウィンはだいじょうぶでしょうか？」

和也が誰にともなく問いかけます。

「きっと、だいじょうぶだ」

セラが、和也の肩をぽんとたたきました。

ふわふわと宙に浮く淡い緑の光球の中から、四人の目は白銀のドラゴンの姿を追いかけました。

急降下したディルウィンは、眼下に点在する湖沼のひとつにぶつかる直前、折りたたんでいた翼をグライダーのように大きく広げると、今度は急上昇を始めます。

ディルウィンの背後に迫っていた巨大な狼は、目前の獲物にばかり集中していたため、するりと身をかわして急上昇する速さについていけず、はげしい水しぶきとともに底なし沼に姿を消しました。

「やりましたね、ディルウィン！」

再び四人を背中に乗せたドラゴンに、和也がはじけるような笑顔を向けます。

（少しばかり時間かせぎにはなったかもしれぬが、やつはすぐに追ってくる）

「ええっ！」

「あの妖魔が、底なし沼ごときで死ぬはずはない」

「セラの言うとおりですよ、カズヤ」

「そんな！　ぬか喜びだったなんて……」

がっくりと肩を落とす和也をちらりと見やって、

「闇黒山脈へ」

フィンダルムが言いました。

「あやつが体勢を立て直さぬうちに、少しでもダルヴィアへ近づいておかねば」

「おじい様、シルフィーリに頼んでみましょう」

ユーリスが、風の精霊シルフィーリを召喚する呪文を唱え始めます。

低く静かな声で歌うように唱える呪文は、きらめく文字となって空中にあらわれると、銀色の炎へと変化しながら燃えあがり、やがて大気の中に溶けこんでいきます。

その文字がすべて宙に消えると、不意に、きらめく風が渦を巻いて、飛び続けるディルウィンの翼の上に何かが降り立ったように見えました。

それは、絶えずゆらゆらとゆらめく光のようで、和也にははっきりと形を見定めることはできませんでしたが、それでも、ぼんやりとした人の姿のようにも見える気がしたのです。

「呼びかけにこたえてくださって、ありがとうございます」

ユーリスが、和也には見えない何者かに向かって、感謝と依頼の言葉を伝えました。

光のゆらめきが一瞬激しくなったのは、おそらく、相手が何ごとかこたえたのだろう、と和也は思いました。

やって来た時と同じく唐突に、ゆらめく光は去っていきました。

「ユーリス、シルフィーリに何を頼んだんですか？」

「ディルウィンの翼を風に乗せてほしい、と頼んだんですよ」

「風に乗せる？」

「なるほど。そうすれば、かなり距離がかせげるな」

横合いから、セラが言います。

「でも、どうして闇黒山脈なんですか？　それに、ダルヴィアだなんて……？」

和也がフィンダルムにたずねました。

「闇黒山脈の向こう側に、闇の領域ダルヴィアがある」

「はい、以前にうかがいました」

「闇黒山脈はこのロリオンとダルヴィアを分かつ、いわば国境のようなものなのじゃ。

しかも、時の女神ティメルドの娘たちによって、複雑な結界が張りめぐらされておる」

「それって、前にユーリスが話してくれた三人の女神、ですよね？」

「そのとおりじゃ」

「ですが、フィンダルム、そんな結界があるのでは、ダルヴィアへ入ることなどできないのではありませんか？」

今度は、セラがたずねます。

「われらがダルヴィアの中まで入る必要はないさ。境界付近でじゅうぶんじゃ。あの妖魔だけを、向こう側へ送りこめばよいのだからな。あやつは、ロリオン内の魔力が微妙に崩れたのを幸いに、こちら側へ入りこんだに違いない。おそらく、ダルヴィアとニフルヘルはどこかでつながっており、妖魔たちは自由に行き来しておるのじゃろうよ。ゆえに、一時的に結界を解除して、追ってきたあやつをダルヴィアの領域に落としさえすればよいのじゃ。その後速やかに結界を張り直せば、妖魔がこちら側へもどることはない」

「結界を解除するって、どうするんです？　女神様がなさったことなんでしょう？」

首をかしげる和也の言葉に、セラもうなずきます。

「ま、どうにかなるじゃろう」

フィンダルムは、白く長いあごひげをなでながら微笑みました。

「ほんとうにだいじょうぶなのかな？　ね、ユーリス？」

背後の少年魔法使いをふり返ると、はるか後方に視線を向けたまま、ユーリスは彫像のようにじっとしているのです。

「私たちには見えないものが、ユーリスには見えているんだ」

セラがささやくように言いました。


風の精霊シルフィーリの助けを借り、すばらしい速度で西の方角をめざすディルウィンの前方に、やがて、急峻な尾根がどこまでも壁のように続く山並みが見えてきました。

「闇黒山脈だ」

重々しい口調で、フィンダルムが言いました。

麓から四合目か五合目あたりまでは、黒っぽく見えるほど濃い緑の原生林が山肌をおおっていました。頂上までは、黒々とした岩と褐色の地面の他には、点在する灌木や草がわずかに緑の色を見せているに過ぎません。

それほど険しい山々の連なりが、一行の目の前にぐんぐん迫ってきます。

「迷夢の谷って、どのあたりなんでしょうね」

「私もよくわからないんだ」

「迷夢の谷は、もう少し北じゃよ」

横合いから、フィンダルムが言ったその時、

「来た！」

ユーリスが声をあげました。

三人がいっせいに背後に目を向けると、はるか後方の空に黒い点がぽつんと浮かんでいるのが見えました。

初めのうち小さな点に見えていたそれは、またたく間に距離を縮め、気がつくとディルウィンのすぐ後ろに迫っているのです。

「えっ！」

またしても、目を丸くして驚く和也。それと言うのも、背後に迫ってきた妖魔は、もはや巨大な狼ではなく、巨大な黒い鷲の姿をしていたのです。

「ギメルドゥログは、さまざまに姿を変えることができるのじゃ」

フィンダルムが言いました。

黒い翼ではげしく大気を打つと、巨大な鷲は鋭い爪でドラゴンに襲いかかってきます。

「危ない！　カズヤ、伏せるんだ！」

セラが叫びました。

間一髪、和也の頭上を鋭い爪がかすめていきます。

「だいじょうぶか？」

「はい、なんとか」

セラの問いかけに、和也がこたえます。

ディルウィンがフィンダルムに呼びかけました。

（魔法使いどの）

（間もなく闇黒山脈の尾根を越えるが、結界はどうする？）

「このまま進んでもらおうか」

言うと、フィンダルムは杖を高くかかげ、小さく呪文を唱えました。

歌うように流れる呪文とともに、杖の頭の部分から渦を巻く淡い緑の光があらわれ、それがまたたく間に光の柱となって天へのぼると、雲の中から幾すじもの稲妻が闇黒山脈の尾根に向かって走ったのです。

その間にも、巨大な鷲は幾度となく攻撃をしかけてきました。

「来るぞ！」

セラが叫びます。

今度は、ユーリスが放った防御の魔法が機先を制しました。

透明な壁のようなシールドに激突した鷲は、いやな叫び声をあげながらバランスを崩して落ちていきました。けれど、激突による衝撃は、シールド内にもおよんだのです。

ディルウィンの体が傾き、滑り落ちそうになった和也を助けようとしたセラもまた、バランスを崩してしまいます。かろうじてディルウィンの背中にしがみついたセラに、

「だいじょうぶですか？」

ユーリスが手をのばしました。

「ありがとう。なんとかだいじょうぶだ」

ユーリスに助けられ、ディルウィンの背中にはいあがったセラは、和也をさがしました。

「カズヤ！　カズヤ！　ユーリス、カズヤは？」

「あそこです」

ユーリスが笑顔を向けた先、ディルウィンの尻尾のつけ根のあたりから、和也がよじ登ってくるのが見えます。

「よかった！」

ほっとため息をもらすセラに、和也が手をふって見せました。

「今度、やつが攻撃してきた時が勝負じゃ」

ディルウィンが闇黒山脈を越えてダルヴィアの上空に達すると、フィンダルムが三人に向かって言いました。

「防御のシールドをはずすのと同時に、こちらから攻撃するんですね？」

ユーリスが確認します。

「でも、おじい様はだいじょうぶですか？」

「何がじゃな？」

「ダルヴィアに入る直前から、ディルウィンごと防御シールドを張り続けておられるはずですが」

ドラゴンの首のつけ根あたりに立ち、防御の魔法を施し続ける老魔法使いの額は、すでに流れる汗でぬれています。

「何のこれしき。まだまだ若い者には負けぬわい」

フィンダルムが笑ったその時、

（来るぞ！）

ディルウィンの声が、頭の中で響きました。

ふり返った一同の視線の先に、闇黒山脈を越えてくる巨大な狼の姿がありました。どうやら、大鷲の姿はやめたようです。

「やつは、また闇の炎で攻撃をしかけてくるじゃろう。一度は持ちこたえる。チャンスは二度目じゃ」

「わかりました」

こたえると、ユーリスは小さく呪文を唱えながら、両腕を前にさしだしました。まるで腕の中に何かをかかえてでもいるかのように、上に向けた手のひらを軽く広げると、驚いたことには、何もなかったはずの腕の中に小ぶりの弓と矢が出現したのです。

巨大な狼は咆哮をあげながらシールドに体当たりすると、さっと身をひるがえして離れると同時に、今度は黒い炎を吐きかけます。

「少しは学習したらしいな」

セラがつぶやきます。

「体当たりしたところを、集中攻撃するつもりらしいですね」

と、ユーリス。

和也ははらはらしながらも、ディルウィンの背中にしがみついているばかり。

「次が勝負じゃ」

フィンダルムの言葉に、ユーリスが弓に矢をつがえてきりきりと引き絞り、セラが片膝をついた体勢で剣を持ち直します。

フィンダルムはかかげていた杖をおろし、狼の方へその頭部を向けました。ユーリスはすでに攻撃の呪文を唱え始めていて、妖魔の眉間にねらいを定めた矢の先に魔力を集中させようとしていました。

「今だ！」

ドラゴンの周囲をおおっていた防御シールドの消滅と同時に、魔力のこめられた矢が放たれました。矢はねらいたがわず、襲いかかってきた巨大な狼の眉間を射抜きます。

狼が一瞬ひるんだすきに、ディルウィンは翼をひるがえして降下しました。直前、フィンダルムがダメ押しの攻撃を加えます。

フィンダルムの杖からほとばしった緑の光が、狼の眉間に刺さった矢に吸いこまれて矢じりにこめられた魔法が発動すると、またたく間に白い炎が巨大な狼の姿をのみつくし、闇色の毛皮がめらめらと燃えあがります。

やがて、黒い妖魔の姿は、目の前の空間から跡形もなく消えてしまいました。

「妖魔は死んだんですか？」

「いや、闇の領域に送っただけだ」

和也の問いにフィンダルムがこたえます。

（さっきの沼地にもう一度もどるのかな？）

闇黒山脈の尾根を越えながら、ディルウィンが問いかけました。その時、誰もがほっと気をゆるめて、周囲への警戒を少しばかり怠っていたのです。

「そうじゃな、できれば」

フィンダルムがドラゴンにこたえようとした時、

「わあぁーっ！」

不意に、叫び声があがりました。

最後尾にいた和也に、闇色の大きな影が音もなく襲いかかったのです。

「カズヤ！」

ユーリスとセラが同時に声をあげました。

そのふたりの目の前で、和也の体がふわりと宙に浮きます。

和也の肩をがっちりとつかんで飛び立ったのは、大鷲のグレイドールと同じくらい巨大な翼を持ち、長い首と頭部が竜にそっくりの真っ黒な鳥でした。

「竜鳥……？」

セラのつぶやきにうなずいて同意しながら、フィンダルムは杖の先を竜鳥に向けて呪文を唱えました。

再びほとばしった淡い緑の光が飛び去ろうとする竜鳥をとらえ、光の鎖でがんじがらめに縛りあげます。光の鎖で動きを封じられた竜鳥は、何とかその場を逃れようとして、とらえていた獲物を放りだしました。

「フィンダルム、カズヤが！」

血だらけになって落下する和也を見て、セラが悲鳴をあげます。

「だいじょうぶじゃ。ほれ」

その言葉どおり、淡い緑の光が和也の体をふわりと包みこんで落下がとまります。

「とりあえず落下はとめたが、傷が深いし相当に出血しているようじゃからな、早く手当をせねば」

フィンダルムが再び呪文を唱えると、和也を包んだ淡い緑の光球は、まるで風に漂うシャボン玉のようにふわふわと近づいてきます。

「あちらは解放しておきましたよ、おじい様」

ほうほうの体で逃げ去る竜鳥を見ながら、ユーリスが言いました。

「それでよい。だが、こちらの方は竜鳥の爪が肩に食いこんで肉が裂けておる。幸いにして骨には達していないようじゃが、子どもとはいえ、あのダーマレッグを持ちあげるほどの足の爪だ。剣で突き刺された以上の衝撃じゃったろう」

ふわふわともどってきた和也の体を、ユーリスとセラがそっとだきかかえます。

「カズヤ、だいじょうぶですか？　すぐに手当をしますから」

「ひどい傷だな。痛むだろう、カズヤ？　もう少しのしんぼうだ」

ユーリスとセラが交互に声をかけますが、ぐったりとして動かない和也の顔は、すでに血の気を失って蠟のように白くなっていました。

「カズヤ！　しっかりしろ、カズヤ！　フィンダルム、カズヤが」

「だいじょうぶ。意識を失っておるだけじゃ。だが、止血しても血がとまらぬということは、あるいは毒かもしれぬ。竜鳥の爪には毒があるとも言われておるからな」

「おじい様！」

「フィンダルム！」

ユーリスとセラが再び、同時に声をあげます。

「わかっておるよ。だが、何の毒かわからぬことには……」

（魔法使いどの、どこへ運ぶ？）

ディルウィンが、フィンダルムに問いかけました。

「うむ。申しわけないが、迷夢の谷へ行ってもらえぬかな？」

（お安いご用だ。あそこのばあ様たちとは、ちょっとした知り合いだしな）

「それは好都合じゃ」

（では、急ぐとしよう）

白銀の翼を大きく傾けると、ディルウィンは闇黒山脈に源を発するリントス川の支流のひとつをめざしたのです。

「がんばれ、カズヤ！　もう少しだ！」

ぐったりと意識のない和也に向かって、セラは呼びかけ続けました。

「おやおや、これはまた、珍しいお客だ」

白銀の翼をきらめかせながら降下してくるドラゴンを見あげて、アムリスが笑いました。

「何が珍しいんだって？」

「ほら、ごらんよ、エリディア」

言われて視線をあげたエリディアの前に、白銀の影がゆっくりと降下します。

「なるほど、珍しいね。おまけに、けが人がいるようだ」

エリディアは、白銀のドラゴンに歩み寄りました。

「久しぶりだね、ディルウィン」

（ご無沙汰しています、エリディア）

にっこり笑ったエリディアが両手をさしのべて、

「フィンダルム、けが人をこちらへ」

すると、和也を包む淡い緑の光球がふわりと浮かんで、エリディアの方へ引き寄せられていきます。そして、光球はエリディアに導かれるようにふわふわと家の中へ。

「フィンダルム、久しぶりだね。その子が自慢の子孫かい？　それに、セラフィリアンまで一緒とはね」

ユーリスとセラに笑顔を向けながら、アムリスが言いました。

「アムリス、ダルヴィアとの結界を破ってしまい、申しわけなく思っております。そのうえ、突然けが人まで連れてきて、さぞご迷惑なことでしょうが」

「迷惑なんてことはないさ。私ら退屈してたとこでね、ちょうどよかったよ。それに結界の方はもう修復済みさ」

「まことに、なんと感謝の言葉を申しあげればよいか」

フィンダルムがうやうやしく礼を述べると、

「星石がらみの騒動は、とりあえず収束したようだね」

アムリスが、フィンダルムにだけ聞こえるようにささやきました。

「カズヤはだいじょうぶでしょうか？」

横合いからユーリスが問いかけます。

「エリディアにまかせておけば、だいじょうぶさ」

アムリスがにっこりして言いました。

「みんな疲れただろう？　中へお入り。ディルウィン、おまえさんは竜舎へお行き。ネルニードが食事を用意していると思うから」

（ありがたい！　じつは、少々空腹だったんでね）

ディルウィンの声が、うれしそうに響きました。

三人の老婆が住む家のすぐ裏手には大きな洞窟があり、そこがアムリスの言う竜舎になっていました。なぜ竜舎があるかと言えば、けがをしたドラゴンたちが傷を治してもらうために、三人のもとを訪れることがよくあったからなのです。

和也の治療を待つ間、一行はしばしの休息をとることになりました。

「おまえさんが、ユーリスだね？」

香草茶とクッキーを運んできたネルニードが、ユーリスに笑顔を向けて言いました。

「はい。このたびはすっかりお世話になってしまい」

言いかけるユーリスを手で制して、

「フィンダルム、さすが自慢の子孫だねぇ。だけど、この若さで堅苦し過ぎるんじゃないかい？」

ネルニードの言葉に、フィンダルムは苦笑し、セラは吹き出しました。

「その反応、ひどくないですか？」

フィンダルムとセラをちらりとにらんでおいてから、ユーリスの視線は心配そうに治療室の方へと向けられます。

香草茶のほのかな甘い香が漂う中、三人はそれぞれに、和也の回復を心の中で祈り続けました。

「時間のたつのが、これほど長く感じられるとは……」

「まったくじゃな」

セラのつぶやきにフィンダルムがこたえ、ユーリスがうなずきます。

迷夢の谷に到着してから、いったいどれほど時がたったのか。

じりじりしながら待つ三人の前で、不意に治療室のドアが開き、エリディアが姿をあらわしました。

「もうだいじょうぶだ。毒は取りのぞいたし出血もとまった。痛みどめを施しておいたからね、今夜ひと晩休めば、明日には動けるようになるはずだよ」

その言葉を聞いた三人の口からは、長々とした安堵のため息がもれました。

「よかった！」

「ありがとうございました！」

ユーリスとセラが口々に感謝の言葉を述べます。

「今回ばかりは冷や汗ものでしてな。いや、ほんとうに、助かりましたぞ」

フィンダルムも、額をぬぐいながら顔をほころばせます。

三人の言葉を聞いていた老婆たちは、ただ黙って微笑むばかりでした。

3

「ありがとう、和也」

祖母の千枝が笑っています。

「おばあちゃん？」

「和也のおかげで、想いの谷は救われたよ。ほんとうにありがとう」

久しぶりに見る、祖母の明るい笑顔です。

「じゃあ、あと一年は、おばあちゃんと夢で会えるんだね？」

「そう。毎晩、会いに行くよ」

大きくうなずいて、千枝がやさしく微笑みました。

想いの谷は助かったんだ。よかったぁ！

約束を果たすことができたという喜びが、心の中にじんわりと広がっていきます。

ほんとうによかった……って、エレンディルは？

不意にそのことが思い出され、和也はあわてて祖母に確かめようとしました。けれど千枝の姿はすぅっと霧に包まれ、すぐに見えなくなってしまったのです。

「おばあちゃーん、おばあちゃーん」

呼びかけても、霧の向こうからは何も聞こえてはきません。

和也はひとり途方に暮れて、その場に立ちつくしました。

白霧の森に迷いこんだあの時のように、不気味な静けさの中でただひとり――

「カズヤ、いいかげんに起きなさい！」

誰かが耳もとで叫んでいます。

「リーマ、だいじょうぶですよ。もうすぐ目を覚ましますから」

別の誰かの声がおだやかに言いました。

この声……誰の……？

声の主の顔を思い浮かべようとするのですが、なかなか浮かんできません。

あの声は……そう……ユーリスだ。それに、リーマ。

和也は、ゆっくりと目をあけました。

やわらかな草の感触と漂う甘い香が、ゆっくりと意識を呼びもどします。

どうやら、迷夢の谷とは別の場所にいるようだ、と思いながら視線を動かすと、明るい日ざしの中、和也を迎えてくれたのは、なつかしい友人たちの喜びあふれる笑顔でした。

それは、和也にとって、生まれて初めて友だちがいることを幸せだと感じた、とても貴重な瞬間だったのですが、起きあがった途端横合いからとんできたのは、

「あなたって、ほんと、心配かけるしか能がないわね！」

という容赦のないリーマの言葉でした。

「もう少し、まわりのことを考えられるくらいに成長してほしいものだわ、まったく」

「けがをしたのは、カズヤのせいではないのだから。そんな言い方は気の毒だと思うが」

「いいえ。ぼーっとしてるからよ。もっと自分のまわりをよく見なきゃ」

「だいじょうぶですか、カズヤ？」

立ちあがろうとする和也に、ユーリスが急いで手をさしのべます。

「だいじょうぶ。ありがとう、ユーリス。それに、みんな……」

ぼくはひとりぼっちなんかじゃないんだ。

そう思った途端、不覚にも涙がこぼれそうになって、和也は大いにあわてます。

涙なんか見られたら、それこそ何を言われるか。

友人たちの視線から逃げるように、和也は駆けだしました。その後を、ユーリスと

リーマの声が追いかけます。

「急に走ったら危ないですよ！」

「カズヤったら、いいかげんにしなさーい！」


しばらくの後、フィンダルムに案内されて、和也は一面に銀色の花が咲き乱れる美しい谷に立っていました。

あの時と同じキンモクセイにも似た甘い香が、あたり一面に満ちています。

「ここが、想いの谷じゃよ」

フィンダルムが言いました。

「もう、なくなったりはしませんよね？」

「だいじょうぶじゃ」

「でも」

あたりを見まわして、和也が不思議そうに言いました。

「人っ子ひとりいませんね」

そこには、谷を吹き渡る風にゆれて、銀鈴にも似た音を響かせる花々があるばかり。

祖母はおろかただのひとりも、人の姿は見当たらないのです。

「みんな、もう向こうの世界へ旅立ってしまったんでしょうか？」

「いや、そうではない。みんな、ここにいて、おまえさんに感謝しておるよ」

「でも、ぼくには何も見えません」

少し悲しそうな表情で和也が言うと、

「それは、ここに住まう者たちが、夢の中や水鏡にしか姿をあらわせない決まりになっておるからじゃよ。ゆえに、誰かの前に直接姿を見せることはないのさ」

「夢の中や水鏡、ですか？」

「ほれ、こちらへ来てごらん」

フィンダルムに手招きされ、和也は半信半疑で後についていきました。

銀のルセリアが緑の草原に咲き乱れ、そばを通る度に澄んだ音色を響かせます。

草原をしばらく進んでいくと、やがて、まわりをルセリアに囲まれた小さな池があらわれました。不思議なほど静かな水面は、周囲のルセリアが風にゆれてもさざ波ひとつたちません。

「のぞいてごらん」

フィンダルムにうながされた和也は、ゆっくりとひざまずいて池の中をのぞきこみました。すると、鏡のように静かなその水面に、会いたいと願っていた人のなつかしい笑顔が浮かびあがったのです。

和也は大きく深呼吸して、水鏡に浮かんだ人物に声をかけました。

「おばあちゃん！」

「ありがとう、和也」

「おばあちゃん、これで、また会えるよね？」

「もちろんさ。また、ちょくちょく会いに行くよ」

「今度こそ、約束だからね。これから一年の間、毎晩必ず会いに来てよ」

「わかってるさ。和也がちゃんと約束を果たしてくれたんだから、今度は私が約束を守る番だもの」

そう言って笑うと、千枝の姿はもやに包まれて静かに消え去りました。後には、鏡のような水面に和也自身の顔が映っているばかりです。

「ありがとうございました」

泉の縁から立ちあがると、和也はフィンダルムに深々と頭をさげました。

「約束を果たすことができたのは、フィンダルムやみんなのおかげです。ほんとうに、ありがとうございました」

「これでやっと、ひと安心じゃな」

いつもは鋭い灰色の瞳に、やさしい笑みが浮かんでいます。

「さて、帰りをどうするか……」

白いひげをなでながら考えこむ老魔法使いに、

「フィンダルム、お聞きしたいことがあるんですが」

目覚める直前に思いだしたことを、和也はたずねました。

「エレンディルはどうなったんですか？　想いの谷が助かったってことは、エレンディルはこのリーフェンロイエンから持ちだされたんですよね？」

「いや。エレンディルはまだこの世界にある」

「えーっ！　だったら早くさがさないと」

あわてる和也の背後から、のんびりとした声が言いました。

「だいじょうぶです。もう心配はいりませんよ」

ふり返った視線の先で、ユーリスとセラが笑っています。

「心配はいらないって、どういう」

ことか、と言いかけて、和也は言葉をのみこみました。ユーリスが、閉じていた手のひらを広げてみせたからです。そこには小さな皮袋がのっていました。

「そ、それって、もしかして！」

「そう。輝星石エレンディルです」

「ど、どうして？　底なし沼に沈んだんじゃなかったんですか？」

目を丸くして驚く和也の耳もとで、

「カズヤが眠りこけている間に、私たちが回収してきたのよ」

金色のミツバチが、ユーリスの肩の上で得意げに胸を張りました。

「私たちって？」

「リーマと彼ですよ」

ユーリスが指さす先には、長い耳をひらひらさせた大コウモリが、ふわりふわりと気持ちよさそうに風に乗って飛んでいるのです。

「エレンディルと皮袋は別々の場所に落ちたんですが、ちょうどリーマたちふたりの目の前を落下していったそうなんです。それで、落ちた場所を確かめてから、リーマがその場に残りラルフが知らせに来てくれた、というわけなんですよ」

「あのあたりは底なし沼が大半を占めておるが、アシの茂った湿地もあるようでな。皮袋の方はアシの葉に引っかかり、エレンディルは湿地の浅い水たまりに落ちたのじゃよ。じつに幸運なことには、な」

フィンダルムが笑みを浮かべて言いました。

「そうなんです。おかげで大した苦労もせずに、エレンディルを取りもどすことができました。ほんとうに、おふたりには何とお礼を申しあげたらいいか」

ユーリスが、リーマとラルフに感謝の言葉を告げます。

「そんな、お礼だなんて。私たちの世界のためでもあるんですもの、当然よ。ねぇ、ラルフ?」

和也の肩にふわりと舞い降りた耳長大コウモリは、ひどくまじめな顔でリーマの言葉にこたえたのです。

「家族や友だちがいるこの世界は、ぼくにとって宝物みたいに大切な場所なんだ。何と言っても、この世界があるから今のぼくが存在してるわけだしね。だから、大事にして守っていくのは当然のことだ、とぼくは思うんだ」

「なるほど」

ユーリスが大きくうなずきました。

「自分のいる世界を大事に守っていくなんて、ほんとうに君の言うとおりですよね」

「ラルフ、あんたってすごい！　感心しちゃったわ！」

ユーリスの肩の上で、リーマがぴょんとはねて叫びました。セラと和也も、同感だと言うように大きくうなずきます。

「い、いやだなぁ」

耳長大コウモリは、照れたように爪で耳をかきました。

エピローグ

フィンダルムと和也は、再びディルウィンの背に乗って、はるか北にそびえる銀嶺山脈へと向かっていました。想いの谷からフィンダルムの家へもどり、友人たちとなごやかなひと時を過ごした翌日のことです。

太陽は、すでに大きく西に傾いていました。

崩れかけた世界の均衡を元にもどすため、ユーリスは前夜のうちに人界へと帰っていきましたが、セラフィリアンの方は、もうしばらくの間フィンダルムのもとにとどまることになりました。

バジャルワックを訪ねて、別れた後のできごとを話して聞かせたら、いとこのバルジャワックとの再会のことなども聞いてみるつもりだとか。そして、できればもう一度迷夢の谷を訪ねたい、と思っているようでした。

それから、金色ミツバチのリーマは、友だちを見送るのは悲しくなるからいやだと言い張って、ユーリスと同じく前夜のうちにラルフと連れだって帰ってしまいました。

「みんな、ばらばらになっちゃいましたね」

「さびしそうじゃな」

かすかな笑みを浮かべて、フィンダルムが言いました。

「友人などおらんでもいい、ひとりの方が気楽だ、と言うておったようじゃが」

「ええ、まあ、そうなんですが」

「カズヤ、人間はひとりで生きる者ではない。生きていく上で、多くの人と関わることになるのじゃよ。家族や友人を含めて、な。そういう人と人との関わりの中で、人間はみな少しずつ成長していくのじゃ」

灰色の瞳が、やさしく和也を見つめます。

「おまえさんも、自分の中にばかり閉じこもっておらんで、もっとまわりに目を向けてみてごらん。そうじゃな。たとえば、ほんの少し心の目を開いてみたら、まわりの者の気持ちに気づくことができるかもしれぬぞ。例えば　もし自分がこのようなことを言ったりこのような行動をとったりしたら、相手はどう思うだろうか、とな。つまり、少しばかり立場を置きかえて、相手の心の内を想像してみるのじゃよ」

少しはまわりの者のことを考えてちょうだい、と言っていたリーマの言葉が、ふと思いだされました。

「そうですね。ぼくはひとりよがりなところが多過ぎるみたいですし、まわりのことなんか考えずに行動してしまうし、何だか反省しないといけないところばかりですよね」

ため息まじりにつぶやく和也を、フィンダルムのあたたかいまなざしが見つめます。

「そのことを自覚しておれば、おのずと変わっていくものさ。焦ることはない。ゆっくりと変わっていけばよいのじゃよ」

「わかりました。ゆっくりと変わる努力をしてみます」

「その意気じゃ」

フィンダルムにぽんと肩をたたかれた和也が、ふと思い出したように問いかけました。

「そう言えば、ユーリスが前に言っていた女神の養い子の話なんですが、いったいどういう人なんですか？」

「ああ、あれか」

フィンダルムが苦笑いしていると、横合いからディルウィンの声が響きました。

（それは、光の騎士のことだろう）

「光の騎士、ですか？」

うむ、とうなずいて、フィンダルムが口を開きます。

「光の騎士エステリオン・ルシフィアス・エステルと輝ける星の乙女リナセルフィンの物語は、妖精族の間で今でも語り継がれておるし、人界でも古い王国には叙事詩として残されておるよ。もっとも、今の世にそれを知っておる者など、ほとんどおるまいがな」

「光の騎士と輝ける星の乙女……」

うつむきながらつぶやく和也の耳に、ディルウィンの重々しい声が響きました。

(銀嶺山脈だ！)

あわてて顔をあげると、沈みかけた夕日に照らされて赤く染まった峰々が、すぐ目の前に迫っています。

「ディルウィン」

フィンダルムが声をかけた。

「夢幻の谷にある黄金の夢想樹を知っておるかね？」

(知っている。そこへ行けばよいのだな？)

再びディルウィンの声が響いて、白銀の翼が力強く大気を打ちました。

「昨日ははるかかなたに小さく見えるだけで、少しも近づかなかったのに、銀嶺山脈がこんなに近かったなんて！　じゃあ、昨日見えていたのは別の山脈だったんですか？」

　ぼう然と目の前の山並みを見つめる和也に、フィンダルムが言いました。

「いや、特別に、空の門のひとつを使わせてもらったのじゃよ。その門を使えば、ドラゴンにはひとっ飛びじゃからな」

「その門を使えばって、どなたが使わせてくださったんですか？」

「うーむ。何と言うか、この世界の番人とでも言うか……まあ、よいではないか」

　フィンダルムが珍しく口ごもるのを見て、

「そう言えば、ぼくの命を助けてくださったおばあさんたち、あの方たちが迷夢の谷のお知り合いだったんですね？」

「そうじゃ。大昔からの、な」

「あのアムリスというおばあさん、ぼくの祖母を知っておられるようでした。千枝の孫だねって言われましたから」

「ほう。珍しいことがあるものじゃ」

　フィンダルムが、ふふふっと笑いました。

「ところで、カズヤ、おまえさんをここへ連れてきたのには理由がある。それは、今宵が満月で、満月の夜には夢想樹の梢から夢贈りの船が出るからなのじゃよ。夢贈りの船は星の海を渡り、はるかかなたの世界へ黄金の夢の種を運んでいくのだそうだ。そして、そのはるかかなたの世界というのが、じつは、おまえさんの住む世界なのじゃ」

「黄金の夢の種を運ぶ船、ですか?」

「わしにもくわしいことはわからぬが、そう聞いた。夢の精たちによってまかれたその種からは、幸せで美しい夢が生まれるのじゃろうな」

いかにも感慨深そうなフィンダルムに、

「ぼくは、その船に乗るんですね?」

「そのとおりじゃ。ちゃんと許可ももらっておるよ」

「やっぱり、帰らなくちゃいけないんですよねぇ」

和也が大きなため息をつきました。

「おまえさんは、おまえさんの世界で生きるのが定めじゃからな」

「ですよね」

(あまり帰りたくないようだな?)

ディルウィンの声が響きます。

「そういうわけじゃないんですが、ここを離れがたいと言うか、何と言うか」

「別れは人を成長させる。おまえさんも、もとの世界に帰ったら何かが変わっておるかもしれぬぞ」

フィンダルムがとても楽しそうに、はははと笑いました。


全体が淡い光に包まれた夢幻の谷の奥深くに、黄金の夢想樹はありました。

巨大な幹がまっすぐ天に向かってそびえ立ち、枝々が頭上をおおいつくすように四方八方に広がっています。そして、驚いたことには、幹も枝もすべてがまばゆくきらめく水晶でできているのです。

やがて夢想樹の梢に月がのぼると、降りそそぐ光の中で、密生した黄金色の葉はさらに輝きを増し、彩り変わる花びらからは七色のきらめきがこぼれます。

あまりにも美しい光景を目の当たりにして、声もなく立ちつくす和也の視線の先に、二本マストの帆船が姿をあらわしたのは、それから間もなくのことでした。

淡く光る透明な羽をこきざみにふるわせながら、夢の精たちは金色にきらめくピンポン玉のようなものをいくつもかかえては、次から次へと船の中に運びこんでいるのです。船倉がいっぱいになると、今度は甲板の上へ。夢想樹の梢におりた帆船は、またたく間に金色の光で満ちあふれていきました。

「さあ、カズヤ」

フィンダルムが背中を押しました。

「もう、お会いできないんですよね？」

「さあてな。わしにもわからぬよ」

微笑むフィンダルムの顔が、何だかぼやけて見えてきます。

和也はあわてて顔をぬぐうと、笑顔を見せて言いました。

「バジャルワックに、ありがとうと伝えていただけますか？　もう一度会えなくて残念だったたって。それから、グルッケンマイヤーさんにも、おいしい手料理をありがとうございましたって、伝えてください」

「わかった。伝えておくよ」

「ほんとうにありがとうございました。お世話になりました」

「達者でな。それと、勇気を出して一歩ふみだすことじゃ」

「はい。フィンダルム、教えていただいたこと、ぜったいに忘れません。ディルウィンにもお世話になってしまって、ほんとうにありがとうございました」

(そのように堅苦しく礼を言われると、何やら面はゆいものがあるな)

かすかに笑いを含んだドラゴンの声が、和也の頭の中で静かに響きました。

月が天空高くのぼる頃、帆船は静かに大空へと旅立ちました。

「ここに来て、みんなに会えたこと、一生忘れません。さようなら！　お元気で！」

ぐんぐん遠ざかる黄金の梢に向かって、和也はいつまでも手をふり続けました。


「いつまで寝てるの？」

誰かが、カーテンをさっとあけました。

まぶしいほどの日ざしが、あけ放たれた窓からさしこんできます。

「うーん。今、何時？」

「もうすぐ十一時よ」

「えーっ！　遅刻だぁーっ！」

あわてて飛び起きる和也に、母の奈津子が笑いながら言いました。

「なに寝ぼけてるの。もう夏休みでしょ」

ああ、そうだった。

ほっと胸をなでおろす和也に、

「今日、お父さんが帰ってくるわよ。連絡したら、博幸も顔を出すって。どうする?」

「どうするって?」

質問の意味がわからずに、和也はオウム返しに問いかけました。

「いやあねぇ」

ベッドの端に腰をおろした奈津子が、あきれたように笑いだします。

「今度お父さんが帰ってきたら、みんなで一緒に食事に行こうって言ってたじゃない」

そう言えば、いつだったかそんな話があったような、などと思っていると、

「やっぱり、一緒に出かけるのはあんまり気が進まないみたいね」

つぶやくように言った奈津子の顔から、すぅっと笑みが消えていきます。そのようすがひどくさびしそうに見えて、和也は思わず言っていました。

「気が進まないなんて、そんなことないよ」

「えっ?」

「それで、どこに行くの?」

何気ない口調で、和也がたずねます。

「せっかくなんだから、とびっきりおいしいお店にしてよね」

思いがけない言葉に驚いて、息子の顔をまじまじと見つめた奈津子の両の目が、不意に潤んで涙がこぼれそうになります。

「お、お母さん！」

突然のことに、和也はあせってしまいました。

「ごめんなさい。ちょっとうれしくなって」

指先でささっと涙をぬぐうと、奈津子は勢いよく立ちあがりました。

「そうね。せっかくなんだから、とびっきりおいしいお店にしましょう。それで、和食にする？　洋食？　それとも中華？」

笑みのもどった奈津子の顔が、心なしか輝いて見えます。

「そうだなぁ。お父さんと兄さんにも聞いてみた方がいいんじゃないの。食べ物の恨みは恐ろしいって言うからさ」

「それもそうね」

部屋を出ていきながら、奈津子が言いました。

「朝ごはん、あたため直すから、さっさと食べてちょうだいね。ちっとも片づかないんだから」

耳にたこができるほど、さんざん聞かされた母の小言でしたが、今の和也はその言葉の端ばしに、ぬくもりのようなものを感じていました。

少しずつ、扉を開いていけばいいんじゃよ。

どこからか、フィンダルムの声が聞こえたような気がして、和也は窓の外に目を向けました。降りそそぐ朝の光の中、いつもと変わらない風景がそこにあります。

「そうですね、フィンダルム。少しずつ、やってみます」

頬をなでる風を感じながら、しばらくの間、和也は窓の外の景色をながめていました。

「和也、できたわよ！」

台所から、母の声が呼んでいます。

はいはい、行きますよ。

心の中でつぶやきながら部屋を出ていきかけて、ふと足がとまりました。

リーフェンロイエンでのできごとが次から次へと思いだされ、いくつものなつかしい顔が走馬灯のように頭の中を駆けめぐります。

また、みんなに会って一緒に旅をしたいなぁ。そうそう、光の騎士の話もまだちゃんと聞いてなかったし、今度会ったら……。

そんなことをついつい思いながら、

「いつか、きっと」

小さくつぶやいて、和也は部屋をあとにしました。

リーフェンロイエンは、夢を紡いでできた世界。いつの日か、夢の中でみんなに再会する時が来るに違いない。

そう信じて、和也はその時を待つことにしたのです。

夢紡ぐ国リーフェンロイエンで出会った、心やさしい友人たちの思い出を胸に。

著者プロフィール
かわさき　ちづる
1953年生まれ。
福岡県出身、在住。
福岡大学人文学部卒業。
■著書
『雪ん子の詩』（2009年　日本文学館）
『ほのぼのメニューのおはなしや』（2018年　文芸社）

リーフェンロイエンにて

2022年11月15日　初版第１刷発行

著　者　かわさき　ちづる
発行者　瓜谷　綱延
発行所　株式会社文芸社
〒160-0022　東京都新宿区新宿１－10－１
電話　03-5369-3060（代表）
03-5369-2299（販売）

印　刷　株式会社文芸社
製本所　株式会社MOTOMURA

ISBN978-4-286-25062-5